**NI
TIEMPO
PARA
PEDIR
AUXILIO**

COLECCION CANIQUI

EDICIONES UNIVERSAL, Miami, Florida, 1991

NI TIEMPO PARA PEDIR AUXILIO

FAUSTO CANEL

P.O. Box 450353 (Shenandoah Station)
MIAMI, Florida 33245-0353 U.S.A.

© Copyright 1991 by Fausto Canel

Library of Congress Catalog Card No.: 90-84964

I.S.B.N..: 0-89729-587-0

Portada: "Fatum", dibujo de Ramón Alejandro

Foto del autor y diseño del libro: Macarena Zilveti-Canel

*A mis padres,
quienes en su momento
no supieron de esta historia*

*A Macarena y a Alejandra,
con mi amor*

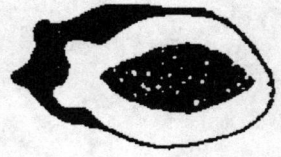

I

EL SUEÑO

"Nunca volví a ver a ninguno de ellos...
Excepto a los policías.
A estos todavía no se ha inventado
la forma de decirles adiós".
— **Raymond Chandler,**
en *"The long good-bye"*

Una silueta voluminosa surgió de la nada y me dió un tirón de la muñeca, sacándome del elevador. Mi espalda golpeó contra la pared del pasillo y mi cabeza vibró al dar en seco contra la madera de una puerta que se abrió en la penumbra. Sentí una sensación de vacío en el estómago al caer sobre una butaca que se volcó— y ví las piernas del hombre penetrando en la pieza y la puerta que se cerró despacio detrás de sus pies.

Extraviado con Kelly en el aeropuerto de San Francisco, reviví aquella noche de julio de 1964. Habían pasado diez años casi al día.

1

La puerta se abrió de golpe y Pepe Aguilar penetró en la oficina.
Hoy tenemos que hablar con el Ché— me dijo.

Pepe era alto y delgado y la elegante camisa de manga corta y el pantalón kaki bien cortado le delataban como extranjero en una nueva Cuba en la que el verde-olivo se había convertido en color de moda. Aguilar era mi ayudante de dirección y apenas nos quedaba una semana para terminar los preparativos de la filmación de mi película. Al entrar en el despacho Pepe cargaba media docena de copias del guión y un tubo largo de cartón.

— Para los actores — dijo, colocando los guiones sobre la mesa.

Del tubo de cartón sacó un rollo de papel y lo desplegó sobre la pared, sujetándolo con chinchetas. Era una ampliación de nuestro plan de trabajo cinematográfico, una organización visual en la que se podían estudiar los diferentes aspectos del rodaje. Cuatro columnas verticales señalaban las semanas en que esperábamos filmar el guión. El exiguo presupuesto nos obligaba a trabajar rápido. Trece columnas horizontales — en colores diferentes — interceptaban las cuatro semanas de filmación, visualizando los días de trabajo de cada personaje, su vestuario, y las necesidades particulares de cada escena.

De su impecable camisa blanca Pepe sacó lo que me pareció una foto pequeña.

—Hice también una reducción — dijo, extendiéndome la cartulina.

Se trataba de una reducción fotográfica que no era mayor que una tarjeta de crédito.

—Es para llevarla en el bolsillo — dijo —. Si el plan de trabajo está bien hecho, organizar una filmación no tiene ciencia. Es como coser y cantar.

Fácil resultó, efectivamente, la preparación de la película, gracias a la súbita presencia en Cuba de un profesional como Aguilar. Pepe había llegado a la Habana, seis semanas antes, inesperadamente invitado por el comandante Ernesto Ché Guevara, su amigo de infancia.

Militante comunista en la España Republicana, el padre de Aguilar se había refugiado en Buenos Aires, con su familia, al finalizar la Guerra Civil. No tenía contactos en el país, a excepción del amigo de un amigo común, el Dr. Ernesto Guevara Lynch. El padre del futuro Ché recibió a la familia en su casona de Rosario y les dió albergue, ropa y comida hasta que los refugiados encontraron trabajo y pudieron establecerse por su cuenta.

Los Aguilar no olvidarían jamás la generosidad de la familia Guevara y para siempre quedaron amigos. Pepe y Ernesto (hijo) se hicieron inseparables y cursaron el bachillerato juntos.

La primera separación ocurrió cuando Ernesto se fué a la Universidad de Buenos Aires a estudiar medicina. Pepe le hubiese querido acompañar, pero los Aguilar nunca llegaron a tener los recursos económicos que poseían los Guevara.

Cada vez que Ernesto regresaba a Rosario, los muchachos pasaban noches enteras juntos. Ernesto aporreando la guitarra —intentando ponerle música a los poemas de Neruda que se sabía de memoria— al tiempo que comentaban el nacionalismo anti-yankee de Perón o su descubrimiento de Carlos Marx.

Un día Ernesto volvió sin avisar. Había terminado sus estudios y regresaba a la casa de sus padres — pero de paso: más que a quedarse a despedirse, más que a descansar a prepararse impaciente para el viaje.

—¿Qué viaje?— me contó Aguilar que le preguntó a su amigo.

Ernesto no era alto como Aguilar, pero sí erguido, y muy delgado— como si el final de sus estudios le hubiese quitado el peso que lastraba su necesidad de comenzar su vida.

—Me voy a conocer Sudamérica— contestó, mostrando a Pepe la motocicleta que su padre le había regalado por la graduación—. Ya volveré.

Pero Ernesto nunca volvió. El futuro Ché recorrió Sudamérica en su moto y subió a Machu-Picchu y llegó a Guatemala, donde se casó. Allí vivió la experiencia del general Arbenz, un militar de izquierdas en el poder. A la caída de Arbenz, se refugió en México.

Desde Ciudad de México le escribiría a su padre y el Dr. Guevara Lynch le pasó la carta a Aguilar. Mi ayudante recordaba el entusiasmo de Ernesto con sus dos nuevos amigos cubanos: Raúl y Fidel Castro.

Aguilar siguió estupefacto las increíbles experiencias de su amigo: el naufragio del Granma, la guerrilla en la Sierra Maestra, el triunfo de los "barbudos", la emergencia de Ernesto entre los comandantes fundamentales de la Revolución Cubana.

Me contó Aguilar que no supo qué decir cuando terminó de leer por segunda vez la carta del Ché. Se limitó a pasársela a su esposa Marita, junto con los tres pasajes que incluía el sobre, para que la pareja viajase con su hijo de Buenos Aires a Ciudad de México y luego a La Habana. De los paises occidentales sólo la España de Franco en Europa y el México del PRI en América seguían manteniendo un contacto aéreo regular con la isla que se había decretado roja en el azul del Caribe.

—Arita dice que subas— dijo Aguilar.

Su voz me devolvió al presente. Sobre la portada de cada guión Aguilar escribía con meticulosidad el nombre del actor al que pertenecía y luego, entre comillas, el nombre del personaje correspondiente.

—¿Arita?

Se trataba de Araceli Herrero, la todopoderosa secretaria del Presidente del Instituto de Cine.

—Si. Quiere verte enseguida—. Aguilar descolgó el teléfono y marcó un número—. Estoy llamando al Ché… a ver si ha leído el guión.

Desarraigo era una historia de amor, el encuentro y separación de una pareja en el contexto político de la Cuba de 1964. Escrito con el poeta argentino Mario Trejo, el guión abandonaba los temas de la guerrilla en la Sierra Maestra, ya para entonces remanidos, y se concentraba en una importante realidad del momento: las minas de nickel, en los confines de la Sierra Cristal en la provincia de Oriente: una industria esencial en la nueva economía, ya que Cuba vendía el mineral a Francia para la construcción de los aviones Mirage de guerra.

En una de las plantas la ausencia de filtros de repuesto provocaba emisiones de polvo de hierro que sedimentaban sobre el pueblo, dándole una curiosa presencia de color rojo oxidado contra el verde opulento de la vegetación tropical y el azul transparente de la bahía de Nipe.

La otra planta, por el contrario, era una ballena varada en aquella planicie seca y polvorienta, pintada en un blanco antiséptico, completamente automatizada y gobernada por computadoras que sólo entendían los ingenieros norteamericanos que la construyeron. Al romperse las relaciones con Estados Unidos, la planta quedó al garete sin que los ingenieros soviéticos consiguiesen ponerla en marcha. Ese año la planta había comenzado a producir a un tercio de su capacidad, gracias a la ingeniosidad de un grupo de técnicos cubanos. Sobre ese fondo de dificultades, dudas y esperanzas ocurría la historia de *Desarraigo*.

Pero el guión tenía que ser aceptado por el Ministerio de Industrias si queríamos filmar en las plantas de nickel— y la historia ponía en evidencia las injusticias de una administración omnipotente, cuya única referencia de calidad profesional era la adhesión incondicional al régimen. Siendo Aguilar amigo personal del Ministro habíamos pensado que lo mejor y más rápido era enviarle el guión directamente. Hacia dias que esperábamos la opinión del Comandante.

—Con el Dr. Guevara, por favor— dijo en el teléfono mi ayudante, guiñandome un ojo—. De parte de Pepe Aguilar.

Me levanté de mi escritorio y en silencio salí de la oficina para que Pepe pudiese negociar con el Ché, sin mi presencia, en caso que el guión presentase "problemas".

2

El séptimo piso del antiguo edificio Atlantic resultaba irreconocible a todo visitante que no lo hubiese frecuentado en meses. De mediocre colmena de oficinas grises se había convertido en un elegante espacio ejecutivo en el que los butacones y sofás de cuero negro se destacaban contra los lustrosos suelos de granito y el blanco puro de las paredes.

Las ventanas del séptimo piso —y de hecho, de todo el edificio— habían sido bajadas dos pulgadas por el arquitecto Marcos Díaz, siguiendo órdenes de Alfredo Guevara, el presidente del Instituto de Cine. Las mediocres ventanas de movibles listones de madera fueron desmontadas una a una en cada uno de los nueve pisos del ICAIC, y luego raspadas, cortadas, teñidas de oscuro y vueltas a colocar, después de movido el hueco en la pared dos pulgadas más abajo.

Este nuevo Guevara en esta historia no era familia del Ché, y su poder tenía orígenes diferentes —aunque no menos sólidos. La opulencia del séptimo piso del ICAIC era un símbolo de ese poder— y un síntoma: una manifestación visual de su irresistible ascensión política.

Caminando por el largo corredor recordé mi primer encuentro con Alfredo.

Eran los días últimos de marzo, en 1959, tres meses después del triunfo castrista. Escribía crítica en la revista Cine Guía, cuando un día recibí una invitación. El presidente del Instituto Cubano del Arte e Industria Cinematográficos tenía el gusto de invitarme al coctél que con motivo de la creación del ICAIC se daría en la Barra Bacardí. La tarjeta anunciaba la presencia del Dr. Fidel Castro Ruz, Líder Máximo de la Revolución y Comandante en Jefe del Ejército Rebelde.

Fidel no vino al acto y los organizadores del coctél le tuvieron que disculpar. Pero vinimos todos los que de alguna manera teníamos que ver con el cine. Como presidente del ICAIC, Alfredo Guevara nos invitó a participar en el desarrollo de la industria fílmica. Su discurso fue un llamado a los escritores y técnicos para que abandonásemos la crítica o la producción privada de cortos publicitarios o noticieros y nos incorporásemos al Instituto para hacer cine financiado por el gobierno revolucionario. Era una oferta tentadora.

—Las puertas están abiertas —dijo Alfredo— para los que quieran trabajar en el ICAIC.

Nunca antes había visto a aquel hombre delgado, de estatura mediana, de calva incipiente y cejas que cuando sonreía se transformaban en acentos circunflejos sobre sus ojos de aspecto achinado. Alfredo llevaba la chaqueta negra de su traje negro sobre una camisa polo también negra, cerrada hasta el cuello y sin corbata, y con sus brazos desnudos y muy blancos fuera de las mangas de la chaqueta colocada sobre sus hombros con informalidad calculada —como una capa española. Hablaba con un pronunciado ceseo que, curiosamente, no quitaba fuerza a su estilo de orador de barricada. Aquella tarde me enteré de su posición como dirigente de la naciente industria, pero no tenía ni idea de su importancia política en el nuevo régimen. Tampoco sabía que su oferta era selectiva y que ciertos cineastas estaban excluidos de antemano. Ricardo Vigón, por ejemplo.

Tomándole la palabra le visité al día siguiente en su oficina del edificio Atlantic. Vine con Alberto Roldán, quien se convertiría pronto en un excelente documentalista: dos jóvenes entusiastas en busca de la oportunidad de hacer cine. Yo ni siquiera había cumplido 20 años.

El ICAIC era entonces una única oficina minúscula. No eran todavía los tiempos del mármol blanco de Isla de Pinos, ni de ventanas en madera teñida de negro. Aquella oficina la compartía Alfredo con su secretaria Arita.

—Leímos en el periódico que vas a dirigir un documental sobre la marina mercante —le dijimos—. Queremos ser tus ayudantes... y aprender.

—El presupuesto es modesto —respondió—. Pero si les interesa...

Guevara cumplió su palabra y nos dió trabajo con un sueldo bajo. Nunca realizó su documental sobre la marina mercante, pero tres meses más tarde me permitió comenzar mi primer documental: *El tomate*. En aquel corto didáctico conté con la colaboración experta y entusiasta de un joven fotógrafo que acababa de llegar de Nueva York: Néstor Almendros.

La familia de Guevara era de extracción humilde, y aunque poco hablaba de ella, le recuerdo una noche contándome anécdotas de su padre mientras observábamos filmar en un tren. En aquellos primeros meses de la Revolución sólo siete personas trabajábamos en el ICAIC —y Alfredo era todavía accesible.

—Mi padre era maquinista en los ferrocarriles, pero su verdadera preocupación era yo... mis estudios —dijo, y sus ojos se convirtieron en rayas cuando se puso a reir con esa risa suya, tan cínica y a la vez tan infantil: la risa del niño contento de haber hecho una travesura—. Se enfureció cuando de adolescente fundé una asociación anarquista de estudiantes.

Cuando llegó la hora de escoger carrera Alfredo eligió Filosofía y Letras.

—La mayoría de los estudiantes eran mujeres... Fue muy fácil llegar a presidente de la facultad.

Era el primer paso en la búsqueda de su verdadero objetivo: la presidencia de la FEU, la Federación Estudiantil Universitaria que tanta influencia había adquirido en la vida política del pais.

El director de la película dió órdenes de cambiar de encuadre y Guevara se subió a una plataforma junto al tren, para seguir mejor la acción.

Un día de octubre de 1947, Alfredo caminó por entre las columnas de estilo jónico que por las noches servían de decorado a las representaciones del teatro universitario, cruzó la Plaza Cadenas, que era el centro geográfico y social del campus, y penetró en el edificio de la Facultad de Derecho. Venía con la decisión de conocer a un tal Fidel Castro, ese estudiante de leyes de que tanto había oido hablar.

—Era increíble su energía y su carisma... su ascendencia con los estudiantes —recordó Alfredo—. Aquel día supe que a Fidel tenía que conquistarle enseguida... o vencerle.

Alfredo venció a Fidel en las elecciones para Secretario General de la FEU, en 1974. Castro había hecho campaña solo —y en la derrota comprobó la enorme ventaja que para su opositor significó el apoyo del aparato comunista.

—Pero no me hice ilusiones —continuó Alfredo—. Fidel era un volcán y la derrota no le había intimidado. Aprovechaba la más mínima oportunidad para arengar a los estudiantes, sin dejarse limitar por la FEU... ¡Una alianza se me hizo imprescindible!

Es evidente que a partir de aquel momento la relación de Alfredo con Fidel fue de utilización mutua para fines personales: Alfredo aportando los recursos oficiales de la FEU y de la Juventud Comunista que no estaban al alcance de Fidel, al tiempo que asumía la posición de eminencia gris, la influencia discreta detrás del joven Castro— y Fidel funcionando como franco-tirador carismático y cada día más popular, independiente de posiciones oficiales, definiciones ideológicas, amarras, organizaciones o compromisos: una libertad de acción inaccesible a Guevara como miembro del Partido.

El director de la película gritó "Acción" y decenas de "rebeldes" comenzaron el asalto al tren blindado, un episodio de la guerrilla contra Batista que hora el cine convertía en leyenda.

—Es el cine que debemos hacer —dijo Alfredo en un murmullo—. Películas que sean espectáculo al mismo tiempo que educación. El pueblo tiene que conocer nuestra gesta.

Guevara no había participado, sin embargo, ni en el asalto al cuartel Moncada, ni en el desembarco del Granma, ni en las guerrillas en la Sierra Maestra.

—Es que el Partido nos había dado órdenes de dejar de trabajar con Fidel… ¡Fue a raíz del "Bogotazo"!.

Se refería a la revuelta popular ocurrida en Bogotá, a consecuencia de la muerte de un dirigente colombiano de izquierda asesinado a tiros. Fidel y Alfredo asistían a un Congreso de Estudiantes cuando comenzaron los disturbios. Castro se procuró una escopeta de gases lacrimógenos y al frente de una turba arremetió contra una estación de policía —hasta que los policías se rindieron. La dirigencia de la Juventud Comunista acusó a Fidel de "aventurero, irresponsable y putchista".

En los labios de Alfredo se dibujó una sonrisa:
—¡Fue una lástima!
—¿Y cómo consiguió su posición actual? —me preguntaría Aguilar, años más tarde, mientras ultimábamos el rodaje.

Alfredo estaba recién llegado en Cuba la primera semana de la victoria, visitando a sus padres en la ciudad de Matanzas, cuando Lidia Castro le localizó y le informó que su hermano Fidel le quería ver a su paso por la provincia y antes de su entrada en La Habana.

De esta entrevista clandestina surgió el Instituto del Cine como organismo de agitación y propaganda, pero también como pantalla para lo que realmente Fidel quería de Alfredo: utilizar su experiencia marxista para organizar un "gobierno secreto" cuyo objetivo sería transformar Cuba en un estado comunista —con Fidel a la cabeza. Para Castro lo esencial era conservar el poder— y hacerlo absoluto. Fidel no había olvidado los beneficios que en la Universidad consiguiera del aparato del Partido organizado por Alfredo.

—¡Hay, chico, que se me caen!
Una secretaria somnolienta había estado a punto de tropezar con-

migo. La muchacha corrigió el ángulo precario de los legajos que por poco se le caen y desapareció por una de las puertas teñidas de negro. Seguí por el pasillo hasta el conjunto de oficinas al fondo del piso, eje del cine en la isla— y ya para entonces uno de los pivotes esenciales del poder castrista.

En el salón de recepción colgaban cuadros de pintores adeptos al régimen: estilizados obreros de Mariano, elegantes carboneros de Cabrera Moreno y alguna que otra Flora, la florida cabeza de mujer de Portocarrero.

Penetré en el despacho de Edith, la primera muralla protectora de Alfredo. Edith era la esposa del fotógrafo que había escogido para filmar *Desarraigo* y tenía muy buena actitud conmigo.

—Pasa —dijo—. Arita te espera.

Lo primero que impresionaba era la vista. Recuerdo que se veía el mar resplandeciente bajo la luz violenta del verano habanero: la costa del Malecón a la altura de la calle 12, en El Vedado. Al final del pasillo de elegantes ventanas, negras y bajas, aparecía el despacho de Arita, sin ventanas ni vista, pero de tal forma situado en aquel laberinto de oficinas que nadie podía llegar a Guevara sin pasar por ella. Miembro del antiguo Partido Comunista, Arita había sabido capitalizar en su control del acceso a Guevara —y cuando consiguió que nombraran a su marido como principal administrador financiero del ICAIC, Arita se convirtió en el poder real detrás de Alfredo.

—Faustino— dijo, a manera de saludo. Pequeña, de cuerpo relleno y piel aceitunada, Araceli Herrero, "Arita", era de las pocas personas que todavía me seguían llamando Faustino.

Estaba sentada en un hermoso escritorio de caoba que dominaba la estancia, equilibrando un tresillo de piel. Una mesita de cristal con patas de bronce, servía de centro al sofá de cuero y a sus butacas. Otro ubícuo pintor cubano adornaba una pared —y en la pared opuesta, una puerta entreabierta dejaba ver una luz mortecina que iluminaba el interior de otro despacho: la oficina de Alfredo. De un primer espacio pequeño en el quinto piso del edificio Atlantic, Alfredo había extendido su Instituto a tres oficinas— para luego copar el piso. Con la estatización de los bienes raíces, el ICAIC se había hecho propietario de todo el edificio— y con la comunización de toda empresa que tuviese que ver con la cinematografía, el poder del ICAIC (y de Alfredo), siguiendo los vericuetos de la distribución de películas, se extendió hasta los más alejados cines de provincia. En aquel mes de julio de 1964 la ascendencia de Alfredo Guevara se encontraba en su apogeo y en su nuevo despacho —con las ventanas cerradas— su secretaria mantenía encendida, a toda hora, aquella luz de velatorio.

—Alfredo no está.

Arita nunca se había caracterizado por su ingenio. Pero me sorprendió que comenzara por lo obvio. En el ICAIC todos sabíamos que el presidente del organismo había dejado el país con destino a Europa en uno de esos viajes de trabajo político que cada año se hacían más frecuentes. En un contexto de extremo aislamiento internacional, al régimen se le había hecho imprescindible conseguir que los intelectuales europeos le ayudasen con la opinión pública de sus paises y con sus gobiernos.

—Mañana hay una proyección de documentales— dijo, y se levantó de su escritorio, cruzó su despacho y sacó un legajo del archivero que cubría una pared. Me sonrió.

—Vamos a poner *Hemingway*. Tienes que venir.

Hemingway era el documental que había realizado dos años antes, a raíz del suicidio del escritor. En él había utilizado su casa de Cuba como punto de partida a la evocación de su vida y de su obra.

—No puedo— dije—. Mañana ensayo con los actores.

—Cambia el ensayo.

—No puedo. No hay otro momento.

La sonrisa de Arita se amplió y su tono adquirió un lado conciliatorio:

—Haz el ensayo por la noche, Faustino... La proyección es muy importante... Se trata de una delegación de estudiantes norteamericanos invitados al 26 de julio... El primer grupo que se atreve a venir desde que la Revolución se declaró socialista.

Su tono se hizo ahora más suave, casi un susurro.

—¿No eras de los que admiraban la cultura americana?

Preferí no darme por aludido. Mi opinión favorable al cine norteamericano me había acarreado más de un ataque de marxistas —como Arita— a quienes el viraje socialista de la Revolución había dado poder y vuelos.

—Los actores tienen teatro por la noche— me limité a decir.

La sonrisa desapareció de su rostro.

—Entonces suspende el ensayo —me ordenó—. La proyección es lo importante.

Cuando entré en mi oficina Aguilar me recibió con expresión grave.

—Dice el Ché que *Desarraigo* es un drama burgués.

Llegué hasta mi mesa y me senté, esperando lo peor: tal vez la orden de re-escribir el guión. El libreto, sobre mi escritorio, todavía olía a tinta fresca del mimeógrafo. Aguilar sonrió.

—No... No te preocupes... No se opone a que se haga la película.
—¡Es un alivio! —le contesté. Sin entusiasmo.
—¿A qué hora ensayamos mañana?
—Mañana no habrá ensayo.

Aguilar me miró. La sorpresa le había desinflado el triunfo.

—¿Por qué?
—Porque ahora resulta que, para Arita, en el ICAIC más que hacer cine lo importante es que los estudiantes americanos entiendan la Revolución —dije, definiendo sin saberlo la verdadera función del organismo.

3

La ovación comenzó cuando se encendieron las luces. El nuevo salón de proyecciones era un espacio elegante en su único elemento de decoración: las parrillas en las bocas del aire acondicionado, rediseñadas en madera oscura para que hicieran juego con las ventanas y puertas. Los flamantes proyectores de arco recién llegados de Checoslovaquia sustituían a los pequeños y anticuados proyectores de bombillo que en los primeros meses del ICAIC Alfredo había hecho traer de Kuquine, la casa de campo del dictador Batista. Cincuenta personas colmaban el local, a veces dos en un asiento; otros se sentaban en los escalones de los pasillos y en el área sin butacas frente a la pantalla.

La audiencia consistía en grupos de seis o siete estudiantes encuadrados alrededor de un joven "traductor" o "guía". Estos jóvenes eran en su mayoría oficiales de las fuerzas de Seguridad del Estado, trabajando a través del aparentemente anodino ICAP— el Instituto Cubano de Amistad con los Pueblos. El verdadero objetivo de este organismo era la vigilancia y el control de los extranjeros en el país. Con lo delicado de la situación política el número de los agentes era considerable.

Hemingway era un cortometraje que no caía en la propaganda regular del régimen. El escritor había vivido más de 20 años en Cuba y en la isla se encontraba su casa en la colina de San Francisco de Paula. La finca Vigía estaba a sólo 15 minutos de La Habana y tenía una hermosa vista de Cojimar, el pueblito de pescadores donde vivió Santiago, el protagonista cubano de *El Viejo y el Mar*. A raíz del suicidio presenté un proyecto de cortometraje biográfico sobre el escritor y la idea fue aceptada enseguida. Hemingway había simpatizado con la Revolución cuando Castro todavía estaba en las montañas. Ahora estaba muerto y el hecho mismo que la película se hiciese bastaba al régimen como propaganda. Durante más de tres semanas tuve acceso a la casa para escribir el guión y recopilar material gráfico que me ayudase a ilustrar su vida. Se me dió entera libertad mientras filmaba y no hubo interferencias en la edición. Aquella era la primera vez que el documental se exhibía a una audiencia norteamericana.

Al terminar la proyección los estudiantes se levantaron de sus asientos y se pusieron a aplaudir. Yo sonreí feliz. Nunca antes la película había conseguido tal aclamo. Sólo un jóven regordete de espejuelos y pelo escaso me miraba fijamente —con las manos en los bolsillos. Era un poeta newyorkino, de los llamados *beatnik*, que de alguna manera se había hecho invitar con los estudiantes. Su nombre era Allen Ginsberg. Como si nada más tuviese importancia se me acercó y me comenzó a hacer, una y otra vez, la misma pregunta:

—¿Dónde consiguió la voz de Gertrude Stein leyendo "A completed portrait of Picasso"? ¿Cómo lo hizo? ¿Dónde la consiguió?

—En la colección de discos de Hemingway —dije—. Es uno en que la Stein lee una selección de sus poemas. Lo publicó una editorial cultural de Washington.

—¿Qué editorial?

—No recuerdo. Pero le llevarán a la casa de Hemingway... Busque entre los discos, si le dejan, y tal vez lo encuentre.

—¿Qué editorial, por Dios, qué editorial?—. Ginsberg fue hasta la puerta del salón y ya parecía que se marchaba cuando dió media vuelta y regresó. Estaba nervioso, casi histérico. Gruesas gotas de sudor le corrían por la frente.

—No creo que la Stein haya nunca...

Estaba a punto de lanzar una alarido que muy bien hubiese rimado con su obra, cuando unas piernas increíbles me dejaron con el alarido en suspenso.

—Don't be a drag, Allen —dijo una hermosa muchacha en su mejor acento californiano. Sus palabras fueron el abra-ca-da-bra inverso que cerró la boca de Ginsberg. Años más tarde supe que Bob Dylan lo señaló como uno de sus maestros y el mundo intelectual de San Francisco lo convirtió en un ídolo. En La Habana se paseó en permanente estado de estupor, vestido en pleno verano caribeño con una cazadora del más fino ante que enarbolaba como una bandera, en una de sus mangas, un limpio corte de navaja. No por gusto uno vive en Nueva York, parecía recalcar el poeta con su metafórico corte de manga. Pero era triste verle intoxicado. Sobre todo alguien que como él, en la época gris de los años cincuenta, había colaborado en crear con lucidez un movimiento importante en la poesía.

—Gracias— dije a la muchacha.

La chica era alta y sus piernas largas sostenían un cuerpo increiblemente proporcionado. Su rostro pecoso y su cabellera pelirroja delataban su origen irlandés— y su actitud segura y desenvuelta la demostraban orgullosa de formar parte de este primer grupo de norteamericanos que viajaban a Cuba después de la invasión de la Bahía de Cochinos, la crisis de los Misiles y el rompimiento de relaciones comerciales y diplomáticas con Estados Unidos.

—Allen siempre se pone así cuando está fumado —dijo, extendiéndome una mano larga y delicada—. Me llamo Kelly... Kelly Fitzgerald. Soy estudiante de cine en Berkeley.

—Encantado— respondí, sincero.

—Me gustó tu película. Sobre todo la parte dedicada a la guerra civil española.

—Conté con muy buen material. Lo encontré en la propia casa de Hemingway, bajo una de las camas, en un viejo maletín de aquella época.

—¿No podríamos ir? Tal vez encontremos nuevos materiales bajo la cama— dijo con una cierta sonrisa.

—Me temo que no. Ya no es una casa, sino un museo. No nos dejarían curiosear, que fue mi mejor método para concebir la película. Es triste ver como se muere una casa en cuanto la convierten en museo. Todo tan arregladito... Cada objeto en su lugar, protegidos por abominables cordones de terciopelo... ¡Un horror! ¡Todo regulado!

—Como la gente—dijo, con su sonrisa.

—Como los países—contesté, sin sonreir.

—¿Y la película dentro de la película, quiero decir, las escenas del sitio de Madrid?

—Provienen de *La tierra española*. Es un documental de Joris Ivens, escrito y narrado por Hemingway... Ven —dije—. Te acompaño hasta la calle.

Habíamos salido del salón de proyecciones y ahora caminábamos por el pasillo que conducía a los ascensores.

—El documental fue producido por intelectuales norteamericanos de izquieda —le expliqué—. Gentes como MacLeish, Dos Passos, Lilliam Hellman... Luis Buñuel era cónsul de la República en París y ayudó a Ivens y a Hemigway a cruzar clandestinamente la frontera. Filmaron durante tres meses. Lo editaron en Nueva York. La narración la tenía que haber leído Orson Welles, pero MacLeish sintió que la voz de Welles era demasiado ampulosa para las imágenes. La que oiste era la voz de Hemingway leyendo su propio texto. Fue una idea de Frederic March.

—Es una narración hermosa.

—Si, como la película. Roosevelt la hizo proyectar en la Casa Blanca. El presidente quería que Hermingway le contase cuantos asesores soviéticos había visto en España. En Hollywood se hizo una proyección en casa de MacLeish y Hemingway sugirió que cada cual donase $1,000 para comprar ambulancias. Eran 17 los presentes y se recaudaron 16,000 dólares. Errol Fynn se había escapado por una ventana del baño.

—Es una lástima que ya no se exhiba

—La guerra española pasó de moda—dije, pero su insistencia había despertado mi curiosidad--. ¿Por qué te concierne tanto?

—Te lo cuento si me invitas a un trago.

—Esta tarde. ¿En el bar del hotel?

—Esta tarde vamos a qué se yo que otro museo. ¡Mañana! Hay un party en casa de los amigos de unos amigos de mis amigos.

Aproveché la oportunidad:

—Tal vez terminemos por ser amigos.

—¿Es que ya no lo somos?—. Kelly dió media vuelta y se alejó hacia los ascensores, su sonrisa enigmática en los labios, el rojo de su pelo brillando en la luz neón del corredor y sus largas piernas moviéndose ágiles, sensuales en el azul de sus jeans.

—¡Hey!—grité.

La muchacha se volvió, intrigada.

—Creo que me convendría conocer la dirección de los amigos de los amigos de tus amigos si quiero recuperar mañana a una nueva amiga.

Esta vez Kelly soltó la más hermosa—y prometedora—de las carcajadas.

4

Esa noche comí solo en mi casa y pensé que al fin y al cabo no había sido terrible suspender el ensayo. Dedicar una mañana a conversar con los norteamericanos había resultado interesante. Ya para entonces Cuba era una sociedad sellada en la que no entraba más información que la que el régimen aprobaba.

En 1964 no sabíamos que Joan Baez y Pete Seeger alcanzaban notoriedad en Nueva York con sus canciones de protesta social. Mucho menos sabíamos que con su segundo disco, *Another side of Bob Dylan*, el cantante se convertía en el vocero de una generación.

No sabíamos que era el año de John Coltrane en jazz; el año que Stan Getz y Astrud Gilberto hicieron popular a Antonio Carlos Jobim—en inglés—con *La chica de Ipanema*.

1964 fue el año en que Andy Warhol pintó su lata de sopa Campbell's, creando el Pop Art; el año en que Margot Fontayn bailó *El lago de los cisnes* con Rudolf Nureyev, recién asilado en el aeropuerto de París. Nada de eso sabíamos.

Ese año Leroi Jones estrenó *The toilet and the slave*, Saul Bellow publicó *Herzog*, Southern y Hoffenberg consiguieron un best-seller con *Candy*, y John LeCarré alcanzó fama mundial con *El espía que vino del frío*.

Fue el año del gran recuento para un par de grandes: Chaplin con su *Autobiografía* y Sartre con *Les mots*. El libro de Chaplin lo reimprimió el ICAIC. Francoise Gilot, por su parte, publicó su *Vida con Picasso*.

Bonanza convirtió a Lorne Greene en estrella de la televisión norteamericana —pero eso, por supuesto, no lo supimos.

Tampoco supimos que Jacques Costeau repetía el éxito submarino conseguido ocho años antes con *El mundo del silencio*, al tiempo que *Goldfinger* nos mostraba el cuerpo dorado, adorado de Pussy Galore—pero

Bond, James Bond era un agente del imperialismo británico y sus películas eran anatema en la isla.

Los Paraguas de Cherburgo ganó el Gran Premio en el festival de cine de Cannes—y la película se puso en La Habana gracias a los contactos de Alfredo Guevara con Agnés Vardá, la esposa del director. Avido de distracción y de espectáculo el público cubano convirtió el estreno en un acontecimiento.

Ese año Anthony Quinn consiguió su mejor éxito con *Zorba el griego.* Rudi Gernreich causó sensación con su monokini. Marcause y MacLuhan se hicieron lectura obligada de todo universitario y el pelo largo y las barbas crecieron sin recortes. El look Unisex se convirtió en desafío a las normas establecidas.

Despistado por los tiempos, Hollywood continuó produciendo comedias como *Send me no flowers* con Rock Hudson y Doris Day. Estas contradicciones del Imperio no las supimos.

Aquel año el Senado americano aprobó la legislación de derechos civiles presentada por John F. Kennedy antes de su muerte. Bajo la dirección de Martin Luther King, el movimiento negro consiguió sus primeros triunfos. Y a King le otorgaron el Premio Nobel de la Paz. Eso tampoco lo supimos.

Dos guettos negros —el de Paterson y el de Elizabeth, en New Jersey— se levantaron durante el verano en brutal protesta social. Dos activistas blancos y un negro fueron asesinados en Mississippi por ayudar a la población negra a inscribirse como votantes. Para finales de 1964, 331 norteamericanos habían muerto en Vietnam. Eso sí lo supimos.

Miré mi plato. Me resultaba imposible comer pasta sosa—y en Cuba no había mantequilla para aderezarla "al burro". Fuí a la despensa y abrí la única lata de tomate que me había tocado por "la libreta", la famosa cartilla de racionamiento.

Sobre una mesa ví el enorme titular que cubría la primera plana del periódico Revolución: "El pueblo acusa a la micro-facción".

Micro-facción era una palabra de moda. Durante la crisis de octubre, Khrushchev había negociado con Kennedy la retirada de los cohetes nucleares, a espaldas de Fidel. Herido en su amor propio, Castro decidió manipular los movimientos de liberación en el Tercer Mundo para conseguir la fuerza política que le permitiese desquitarse de los rusos. Para ello tuvo que neutralizar en su propio gobierno a los antiguos comunistas incondicionales de los soviéticos. A ellos fue que Fidel calificó de micro-facción, expulsándoles a Moscú o sentenciándoles a perpetua prisión domiciliaria.

Los comunistas nunca fueron populares en Cuba y la población recibió con agrado estos gestos de "justicia" y de "independencia" de Castro. Fidel era el juez supremo y el pueblo adoraba a su líder. Con la nueva excusa de la "independencia ideológica" los mecanismos del control policial se extendieron a todas las facetas de la sociedad. Eso sí lo sentimos.

Y como el aislamiento de la isla se hizo extremo, poco sacábamos en claro de lo que realmente pasaba en el mundo. Eso sí lo vivimos.

Terminé mis coditos cubiertos con salsa de tomate y me senté a mi escritorio. Agarré el periódico Revolución y la tinta me manchó los dedos. Las piernas de Kelly no se me iban de la cabeza.

5

La casa estaba situada frente a la escalinata de la Universidad de La Habana. Todo un símbolo.

En aquella escalinata se habían producido las más brutales y sangrientas batallas entre estudiantes y policías del dictador Machado, en los años 30. En la escalinata se había hecho público el gobierno revolucionario que sustituyó a Machado. En aquella escalinata Fidel y Alfredo habían organizado protestas contra los gobiernos de Grau y Prío. Allí se habían reunido estudiantes de todas las tendencias y allí había comenzado una guerra sin cuartel que atraería contra Batista a sectores muy diversos de la trama social del país. La universidad se encontraba en lo alto de la colina por la que subía la calle San Lázaro hasta su intercepción con la calle L, y su acceso principal era aquella enorme escalinata. La escalinata universitaria era un monumento cubano, casi un mito.

Cuando entré en el piso el olor —que luego supe era a marihuana— borró de mi cabeza la impresión de que la fiesta formaba parte de las actividades oficiales. Los guías y traductores brillaban por su ausencia, pero no me cabía duda que entre los amigos de los amigos de los invitados había más de uno que pertenecía a Seguridad del Estado. Tal vez el propio organizador del party. La policía quería aparentar que en Cuba era posible una fiesta privada con toques de permisividad. El régimen necesitaba a los estudiantes para su propaganda, y si fumar marihuana era una moda entre los jóvenes de Estados Unidos, ese era un asunto en el que no querían inmiscuirse las autoridades. Recuerdo que hacía calor y los estudiantes se sentaban directamente en el suelo, en grupos de tres o cuatro, liando y pasándose pitillos de marihuana: una imagen inusitada en la Cuba nueva.

Busqué por el apartamento el azul de los jeans de Kelly —pero ni rastro. El apartamento era inmenso, y buscarla y no encontrarla en cada nueva pieza era una decepción más, una bocanada de humo y de calor cada vez más intensos. Ya estaba a punto de retirarme en derrota humillante cuando un hermoso vestido de algodón rosa pálido revoloteó ante mis ojos y sus ojos azules como los pantalones que no llevaba puestos me miraron con curiosidad.

—Viniste— dijo—. ¡Y a la hora en punto! Gracias.
—No hay de qué. El gusto es mío.
Esta vez Kelly no utilizó su sonrisa enigmática. Fue más directa.
—El gusto será mutuo.

Kelly me tomó de la mano y me condujo a una habitación donde encontramos una pareja sentada sobre un colchón en el suelo. Apenas se les podía ver por el humo. Con las ventanas cerradas el calor era insoportable.

—Esta es Carol—dijo Kelly.

La muchacha era pequeña y gordita, de pelo negro y rizado natural, y su cara era larga y sus ojos almendrados y negros detrás de sus espejuelos de lentes gruesos.

La saludé.

—Si sigue portándose bien seguirá siendo mi mejor amiga—continuó Kelly. Luego señaló al muchacho junto a Carol.

—Y este es John. También es newyorkino, pero decidió que en San Francisco es más divertido ser vaquero a medianoche.

John llevaba botas, jeans, cinturón ancho de hebilla enorme, camisa del oeste y un sombrero tejano que le hacía aún más alto, gigantesco.

—Estábamos comentando tu película—dijo, extendiéndome su mano.

—¡Oh no, por favor! Háblenme de ustedes... de lo que hacen...
—¡Bah! —dijo Carol—. No somos más que clase media aburrida. Buscamos otra cosa.
—¿Qué cosa? —pregunté, sentándome en el suelo.
—No sé. No vivir más en suburbia. Viajar. Ver otras culturas, otros puntos de vista. No limitarnos a creer que porque tenemos una casa individual y dos automóviles somos lo mejor del mundo.
—¡De ahí este viaje!
—Efectivamente.

Carol le pasó a Kelly su cigarrillo de marihuana.

—¿Y no le gusta el comunismo? —le pregunté en broma.
—Más me asustan las presiones del Departamento de Estado... los interrogatorios del FBI... Llevamos cuatro días en Cuba y es poco tiempo para juzgar, pero si esta fiesta es comunismo...

Al oír a su amiga, Kelly se levantó y se cuadró, saludando como un soldado.

—¡Que viva el comunismo! ¿No estás de acuerdo?

La marihuana comenzaba a hacerle efecto y en aquella fiesta era irrefutable la apariencia de libertad. Más que una simple broma, su gesto había sido expresión espontánea de su confianza en la Revolución—y de su ingenuidad. ¿Cómo decirle que estaba lleno de dudas y frustraciones? ¿Cómo explicarle que apoyaba la Revolución, pero que distaba mucho de ser el perfecto revolucionario que ella esperaba encontrar en mí? ¿Cómo mostrarle que debajo de aquel piso, en aquel mismo edificio había un Comité de Defensa encargado de vigilar las entradas y salidas de todos los vecinos? ¡Como en todas las calles de todos los barrios de todos los pueblos de la isla! Opté por callar.

En el salón principal se comenzó a escuchar un disco. No había duda que lo habían traído los norteamericanos. Hacía cuatro años que en Cuba no penetraba ningún disco que no fuese soviético o de la Europa del Este—en su mayoría música clásica. La que venía del salón era música que los cubanos no habíamos oído antes. John se puso de pie de un salto.

—Es *Country Joe and the Fish*—dijo, y salió de la habitación dispuesto a montar en un potro mecánico.

Carol se ajustó los lentes y le siguió, tropezando con la almohada.

—Country Joe and...¿the Fish?—pregunté, perdido.

—Sí, es un grupo de San Francisco... No te gusta hablar de Cuba, ¿verdad?

La voz de Kelly resaltó serena en el bullicio distante: su cuerpo reposaba ahora sobre la almohada. Carol había tenido la precaución de dejarle liado un joint y la muchacha me lo pasó.

—No me has respondido.

—Preparo una película. En ella hablo de Cuba.

—¿Cómo se titula?

—*Desarraigo*.

—¿El tuyo?

—El mío o el tuyo. El tuyo si te quedas a vivir en esta isla. El mío si me fuese a Estados Unidos contigo. ¡Ni idea tenía que un grupo podía llamarse *Country Joe and the Fish!*

Hubo un silencio. Kelly no sabía si hablaba en serio o si mis palabras no eran más que retórica para enamorarla. Aproveché su desconcierto.

—Como ves, alguien tiene que vivir en lo extranjero para sentir el desarraigo. Es como con la droga o el alcohol. Se sufre el síndrome de abstinencia.

—¿Cómo lo sabes? ¿Has vivido fuera?

—No. Pero lo imagino. Como imaginé la historia de mi película. Ahora cuéntame de tí.

—Ya te dije. Estudio cine.

—¿Y cómo llegaste aquí?

Kelly se incorporó en el colchón.

—¡Casi ni llego! Este viaje es un desafío.

Con un gesto la muchacha nos señaló a ambos.

—¿Es esto un crimen?

Sentí enfado en la voz de Kelly.

—No será para tanto—dije, tratando de calmarla.

—Mi gobierno nos amenazó con quitarnos el pasaporte y meternos en la cárcel. ¡Y son capaces!

Su tono era ahora de un enfado profundo.

—¿Es un crímen que quiera conocerte a tí y a tu país?

Kelly tiró del joint y aspiró el humo. Lo retuvo un tiempo en los pulmones y ví la transformación en su rostro cuando la marihuana le hizo de nuevo efecto y su mente regresó a los disturbios en la Universidad de Berkeley, dos meses antes.

6

—Las primeras protestas comenzaron en el Greek Theatre, el enorme anfiteatro al aire libre —dijo—. Eramos 13,000 estudiantes reunidos allí por Kerr, ¿sabes quién es?

Le dije que no.

—Clark Kerr es el presidente de la Universidad. Las autoridades dudaban entre hacer concesiones o expulsar a los miembros del Movimiento por la Libertad de Palabra. Es la organización en que luchamos para que los estudiantes tengan derecho a expresarse.

Kelly me miró. Su rostro se había iluminado.

—¡No te puedes imaginar! —dijo—. Hace apenas tres semanas Kerr dió un discurso anunciando una propuesta que llamó del "riesgo doble". Nos concedía la posibilidad de expresarnos fuera de las aulas, pero se reservaba el derecho a castigar a todo estudiante que cayese preso y fuese sentenciado por los tribunales. Era como proponer que a un acusado se le castigase dos veces por el mismo delito. Los estudiantes apenas le dejamos hablar, abucheándole. Yo me levanté y se lo dije. Fue entonces que Mario Savio se subió al escenario y le arrebató el micrófono.

Kelly dio una nueva chupada al joint.

—Mario es un estudiante de origen italiano, nacido en Nueva York, y fue el organizador del SNICK, el comité de estudiantes no violentos... Es muy popular entre nosotros... Quisimos que viniera a Cuba, pero no pudo... Mario se crió en Brooklyn y la calle newyorkina le enseñó a ser rápido. Kerr apenas se había dado cuenta que Savio le había arrebatado el micrófono cuando dos policías de la Universidad se avalanzaron contra Mario. Uno lo agrarró por la garganta, para callarle. El otro le aplicó una llave, torciéndole el brazo. Entre ambos se lo llevaron a rastras, ante nuestro estupor. No sabíamos qué hacer. Un reporter saltó al estrado y le puso un micrófono delante de la boca, pero Mario no pudo hablar, con aquel policía apretándole la garganta.

Kelly sonrió, recordando el alboroto.

—Nos pusimos a gritar: We want Mario! Entonces salió un representante de los profesores y decanos, eso que llaman el Senado de la Universidad. El hombre propuso eliminar la cláusula del "riesgo doble" y que no se limitase el contenido de los discursos dentro del campus. La algarabía fue increíble. No lo podíamos creer. Habíamos ganado mucho más de lo que esperábamos. Esa noche Mario declaró a la prensa: "Si la policía no me hubiese arrastrado del micrófono, no hubiésemos obtenido tanto. Fue mi mejor regalo de cumpleaños".

Kelly volvió a sonreir:

—Ese día Mario cumplía 22 años—, dijo. Y me ofreció su joint.

Chupé una calada. Kelly se recostó de nuevo en la almohada.

—Al día siguiente, cuando fui a la clase de cine, varios estudiantes me informaron que se planeaba un viaje a Cuba. Me interesé enseguida. No me preocupó la prohibición del Gobierno. Supongo que por el aliciente del fruto prohibido.

—Has tenido suerte—dije.

—Siempre la he tenido. El año pasado por poco me matan cuando participé en las campañas por los derechos civiles en Mississippi. Un año antes Kennedy había tenido que enviar tropas federales para que los negros pudiesen asistir a la universidad del estado. ¿Sabes quién es Meredith, verdad? ¿El estudiante negro? Mi grupo se llamó "trabajadores por los derechos civiles". Había gente que se decía trostkista y otros que eran miembros del llamado "Frente Comunista". ¡Bah, pura retórica! El verdadero trabajo era convencer a los negros de que tenían derecho a inscribirse como votantes. Estaban aterrorizados. No creían tener derecho a votar. Los sureños nos entraron a tiros.

—¡Así llegaste a Cuba!

—¿Cómo?

—Corriendo—dije. El joint comenzaba a hacerme efecto.

La muchacha se encogió de hombros.

—No. Conocía al estudiante que servía de enlace con la Embajada de Cuba en México. "Me interesa visitar Cuba, pero no tengo dinero para el pasaje", le dije. Y él me contestó: "Es gratis, compañera. Es una invitación de la Revolución para que podamos conocer la verdad sobre Cuba y refutar las mentiras que publica la prensa de nuestro país". Me puse eufórica.

Kelly se movió inquieta.

—Es curioso— dijo—. Pero euforia es la palabra que me viene a la mente, ahora que me obligas a recordar todo esto.

—No te obligo.

—Es una manera de hablar.

—Pero me interesa... No todos los días se conoce a alguien que ha vivido lo que apenas entrevemos en la prensa.

—No te pongas dramático... Nada es más interesante que lo que ustedes están haciendo aquí... En fin... "Inclúyeme en la lista", le dije a mi amigo... "Me dá lo mismo el Departamento de Estado. No me asustan las amenazas". Este verano pensaba participar en el Freedom Summer, las campañas de este año por los derechos civiles. Preferí venir a Cuba.

Kelly se echó a reir.

—Mi madre puso el grito en el cielo cuando se enteró. Yo estaba decidida a venir y hubiese venido en cualquier caso. Pero preferí tener una aliado y se lo dije a mi padre. Sabía que no se iba a oponer. Al contrario. Le gustó que me arriesgase. Siempre ha sido rebelde. A veces pienso que hubiese querido que yo fuese varón... Quince días más tarde estaba en México. ¡Así de fácil!

Kelly se puso seria.

—Bueno, ¡no fue tan fácil! Cuando el autobús se detuvo en el aeropuerto de Ciudad de México, vimos a aquellos hombres esperándonos en la acera. El primero que bajó fue Roberto, un empleado de la embajada cubana que habíamos conocido el día anterior. Era el organizador del viaje. Roberto era alto y delgado, con bigote grande y casi calvo y caminaba de esa forma que tienen los flacos grandes de moverse... ¡ya sabes!, como si sus extremidades no estuviesen sincronizadas con el cuerpo. Es muy serio, pero también simpático. Le tienes que conocer. Ayer estaba en la proyección de tu película.

No recordaba al tal Roberto y se lo dije. La muchacha continuó su relato.

—Estaba a punto de bajar del ómnibus cuando un agente del FBI me obstaculizó el paso. Se había parado frente a la puerta y no me dejaba pasar. El resto de los agentes rodearon el autobús. ¡Fue increíble! Agentes del FBI tratando de asustarnos en el calor de México, sudando en sus chaquetas de tweed, mientras los maleteros mexicanos se movían a nuestro alrededor con el equipaje. ¡Más que increíble fue ridículo! Porque Roberto no les hizo caso. Ni les miró siquiera. Uno a uno nos fue sacando del autobús y nos dirigió hasta el mostrador de Cubana de Aviación. El empleado de Cubana no se tomó el trabajo de buscar la visa. Sabía muy bien que nadie en el grupo llevaba visa impresa en el pasaporte. Se limitó a darnos a cada uno una tarjeta de embarque. "Que quede bien claro", dijo Roberto, "que el trámite que les queda por cumplir es ajeno a Cuba y contrario a nuestra voluntad".

Kelly sonrió. Ahora parecía cansada, casi triste.

—Con una sonrisa y un gesto de impotencia nos señaló un despacho en un lateral discreto del aeropuerto. Era cierto que los cubanos nada podían hacer por evitarnos aquel trámite horrendo... Pero sospecho que Roberto se alegraba de la estupidez de nuestro gobierno.

Kelly me pasó el joint. Esta vez le dije que no.

—No fue agradable. La oficina era gris e impersonal y aquel tipo estaba vestido de una manera tan impecable, tenía el pelo tan recortadito y llevaba una camisa tan limpia, tan pulcra y planchadita en aquel calor de todos los diablos que a mí me dió asco. "¿Ya es suficiente?", le dije, mirando inmóvil la pared frente a mí.

"¿Suficiente para qué?", me respondió el hombre.

"Para que saquen la foto y me dejen partir".

Kelly aspiró de su joint y repitió:

—¡Fue increíble! El tipo ni parpadeó siquiera, pero tampoco negó que me estuviesen fotografiando. Se limitó a echarme un discurso. "Mi obligación es advertirle de las posibles consecuencias de su viaje. Nadie se lo va a impedir. Usted es ciudadana norteamericana y como tal es libre y responsable de sus actos. Pero debo recordarle que con este viaje puede estar cometiendo un delito sujeto a procesamiento, con posibles consecuencias que van desde la retirada del pasaporte hasta sentencias de cárcel. Para nuestro gobierno este viaje es ilegal y si bien tengo órdenes de no impedir su partida debo dejar constancia escrita que le informé de los riesgos que incurre si viaja a Cuba. Lea este documento y firme aquí".

Kelly se incorporó.

—Firmé sin leer y me fuí directamente a la puerta del vuelo con destino a Cuba.

La muchacha se me acercó, me besó en la nariz y me susurró al oído:

—¡Primer territorio libre de América!.

Ahora fui yo quien la besó en el cuello.

—Pero estás aquí—respondí, mientras mi mano acariciaba su rodilla.

—¡No puedes saber cómo descriminan a los negros!

Mi mano subió lentamente por su muslo desnudo.

—¡Mi país es un Goliath que quiere doblegar el tuyo!

Mi mano siguió subiendo. David del sexo.

—¡El F.B.I. nos acosaba todo el tiempo!

Cuando mi mano llegó a su vientre, su respiración se hizo más profunda. Cerró los ojos.

La besé y al principio no respondió. Pero al fin sus labios se despertaron —Goliath vencido. Mi beso recibió respuesta y de la ternura pasamos al deseo, y de ahí al frenesí, y el vestido de algodón voló por los aires en un strip-tease paralelo al mío. Nuestras bocas se besaron nuevamente y nuestro pelo se mezcló; las piernas entrelazadas, las manos acariciando nuestros cuerpos con la voluntad de poseernos en nuestro deseo: una, otra y otra vez, de nuevo, totalmente.

7

Al día siguiente, al entrar en mi oficina, me encontré con Aguilar fijando fotos de actores en una pared. Parte de la semana anterior la habíamos dedicado a entrevistar posibles intérpretes para los personajes secundarios. Habíamos fotografiado a los candidatos y ahora Aguilar organizaba las fotos para que hiciésemos la selección definitiva. Su rostro se abrió en una sonrisa traviesa cuando dijo:

—Arita llamó.

Tuve la sensación del déjà vu. ¿Qué querrá esta vez? ¿De qué delegación querrá ahora que me ocupe?

—Dice que Taladrid quiere verte.

Con la alta dirigencia del ICAIC viajando por Europa, Raúl Taladrid, vice-presidente a cargo de los asuntos económicos era —junto a Arita, su mujer— la máxima autoridad en funciones.

Una vez más abandoné la preparación de mi película y subí esta vez al piso octavo, predio de los contables del ICAIC. La remodelación del piso era más discreta, menos elaborada que en el resto del edificio. No había cuadros de pintores cubanos en las paredes.

Delgado y con aire juvenil, el vice-presidente económico permaneció sentado frente a un escritorio cubierto de balances de contabilidad. En una de las paredes se podía ver un gráfico de colores con el plan quinquenal para la industria de cine: el número de películas por año, el progresivo aumento en las inversiones de producción, los equipos a comprar en el extranjero, los productos químicos, la película virgen. En una columna paralela se apreciaban las cifras de recaudación en los cines, tanto de las películas nacionales como de las extranjeras. Estudiando aquel gráfico se podía ver que el cine cubano era deficitario, especialmente en divisas convertibles.

Taladrid abandonó sus columnas de números y me miró.
—Me llamaron del ICAP—dijo—. Su aire era cómplice, como estableciendo de antemano que ambos reconocíamos a Seguridad del Estado detrás de los "guías" del Instituto de Amistad con los Pueblos. Después de una pausa, continuó:
—Llamó Mazola en persona.
Ni idea tenía de quién era Mazola. Se lo dije.
—Giraldo Mazola es el presidente del ICAP. Como no está Alfredo pidió hablar conmigo. No quiso encomendárselo a Arita.
—¿Es tan grave?
—Digamos que es más bien machismo—dijo, utilizando una risita relajada para hacerse el simpático—. El lo llama discreción. Mazola no quiere que sigas saliendo con esa americana. Los compañeros que se ocupan de la delegación se quejaron de tí.
—No sabía que estuviese prohibido.
—No lo está. Pero ha decidido que no salgas con la muchacha.
—¿Con qué derecho?
—El derecho que le da su cargo. Mazola es el presidente del organismo y el ICAP tiene la responsabilidad de nuestra amistad con los pueblos—. Taladrid enarboló su risita cómplice—. ¡Así de claro!

Para mí, por supuesto, aquel intento de coartar arbitrariamente mi libertad personal nada tenía de claro. El vice-presidente del ICAIC funcionaba con la sumisión del perfecto aparatchik comunista y yo distaba mucho de tener la misma actitud dócil ante las exigencias del aparato burocrático del gobierno. ¿Dejar de ver a Kelly? ¿Por qué? ¿Desperdiciar la oportunidad de enterarme de lo que está ocurriendo en Norteamérica? ¡Una estupidez! Además, la intrínseca falta de confianza me ofendía y sentí un impulso de rebelión que se hizo compulsivo cuando el recuerdo de mi padre comenzó a funcionar en el fondo de mi conciencia. "Que mi hijo le tire piedras al Capitolio", le había oido decir durante mi infancia. El Capitolio era la sede del Congreso Cubano durante la República, un lugar donde la venalidad era crónica y la inercia era el método de gobierno. Para mi padre "tirar piedras al Capitolio" era una imagen de rebelión contra la burocracia inepta y la injusticia. Sin hacer el menor comentario, salí del despacho de Taladrid camino del hotel Riviera.

El hotel Riviera, antiguo cuartel general del mafioso Mayer Lansky, era una combinación de colores tropicales en una Habana cuyo físico ya comenzaba a desmoronarse por el descuido y la ineptitud—una mole de arquitectura norteamericana en el Malecón, ese paseo junto al mar que había sido el cordón umbilical entre los barrios elegantes del noroeste de la ciudad y los antiguos centros del poder político y financiero.

Las olas saltaban sobre el muro del Malecón y el salitre empañó los cristales de mi automóvil. Tuve que poner en marcha el precario limpiaparabrisas para recuperar la visión, doblar a la izquierda en el semáforo, bordear el hotel y parquear prudentemente en una calle lateral.

Ya en el lobby pensé ir directamente a la recepción, pero enseguida decidí que era mejor pasar primero por el bar.

El bar del Riviera era uno de esos monumentos kitsch de la decoración norteamericana que sólo se encuentran en Atlantic City o en Las Vegas. Los espejos subían hasta el techo, reproduciendo a los parroquianos hasta de cabeza. Cestas de piñas amarillas y otras frutas tropicales brotaban en yeso de las paredes verde papagayo. Ví a Carol sentada en una mesa que era en sí misma otro canasto de frutas. Le pedí el número de la habitación de Kelly.

—¿Qué pasa?—me preguntó azorada.

—Nada. Sólo quiero hablar con ella.

Me fuí hasta el mostrador del bar, descolgué el teléfono interior del hotel y marqué el número. Kelly respondió enseguida.

—Soy yo—le dije, sin utilizar mi nombre.

—Hola. Ya bajo.

—No—dije. Y me quedé en silencio.

—Sube entonces.

—Tampoco—. Tenía miedo de hablar en el teléfono, pero no tenía otra opción que arriesgarme—. Baja al bar dentro de cinco minutos. Carol te estará esperando.

Hubo un silencio. Luego respondió:

—Como quieras.

Colgué el teléfono, escribí instrucciones para que Kelly me encontrase más tarde en un lugar determinado y le entregué el papel a Carol.

—Que vaya sola—dije, disponiéndome a partir—. Cerciórate de que nadie la siga.

Sorprendida, Carol ajustó sus lentes gruesos, dobló el papel y lo metió en el bolsillo de sus jeans.

—¿Qué está pasando? —preguntó—. ¿A dónde vas?

—A tirarle piedras al Capitolio—respondí.

Carol todavía tenía la boca abierta cuando me despedí con la mano y salí del bar.

8

Kelly tardó un momento en reaccionar cuando terminé de contarle lo que el ICAP me exigía. En su rostro se reflejaba la incredulidad. La muchacha se movió incómoda en el asiento de mi automóvil y bajó el cristal para que entrase el aire.

—¿Qué vamos a hacer?
—Seguirnos viendo—dije.
—Por supuesto—asintió—. Hacen que una se sienta sucia. ¡Es increíble!
—Hacerte sentir culpable es la primera táctica de un policía. Pero nos veremos lejos del hotel. No hay que provocar.
—No soy un agente de la CIA—dijo, y me miró desafiante.
—Lo sé.
—No lo sabes. ¿Cómo lo puedes saber?
Hice silencio. Luego dije:
—¿Lo eres?
Hubo otro silencio. Su rebeldía se convirtió en exasperación.
—¡Por supuesto que no!
—¡Ya ves! ¡Tú misma lo afirmas!—dije, queriendo parecer lógico.
La muchacha comprendió que aceptaba el riesgo y sonrió. Le gustaba mi actitud—lo cual me complació. En la cuadra siguiente parqueé el automóvil.

Hay un momento visual, citado por Severo Sarduy en su novela *Gestos*, en que La Habana española se convierte en norteamericana: ese instante junto a la Universidad donde la calle San Lázaro se convierte en la calle L—y nunca mejor símbolo: un nombre se convierte en letra y La Habana no es más la misma. No pude menos que mostrárselo a Kelly. En esa ciudad de columnas, las columnas desaparecen, los puntales se achican, las ventanas se reducen y las puertas de hojas verticales, andaluzas, dán paso a puertas cuadradas de grueso cristal transparente, a ventanas fragmentadas en listones horizontales: las cortinas dejando de ser de hilo, vaporosas y habaneras, para convertirse en mecánicas cortinas de plástico: venecianas. Torciendo aquella esquina ya no se vive en la misma ciudad. Ante nosotros habían aparecido los rascacielos del Vedado.

—¿Por qué cambiar el espíritu de una ciudad?—preguntó.

Le hubiera querido explicar que en aquel instante arquitectónico, en aquella torcedura del crecimiento económico, La Habana dejaba de ser vieja y española para convertirse en sueño.

—De un golpe dejamos de ser asturianos o gallegos para convertirnos en casi-norteamericanos—dije.

—¿Si uno es cubano para qué vivir como norteamericano?

—Crisis de identidad, que es un problema sin solucionar desde las guerras de independencia contra España. Cuba es una isla y no se basta sola y queríamos ser algo más que españoles. En pocos años La Habana se transformó en centro turístico y en el eje del Caribe, con la intención de convertirse en puente entre Norte y Suramérica... Una ciudad obligada por el día a ser seria, y por la noche... ¡rumba y juejo!

Kelly no salía de su asombro.

—Mira—dije—. Esa calle que ves ahí se llama La Rampa. Durante los años cincuenta se convirtió en el nuevo centro de la ciudad, una amalgama increíble de lo que puede ofrecer una simple calle de cinco cuadras: aquí estaban tres de los siete canales de televisión y las mejores agencias de publicidad. También las firmas de ingenieros y de arquitectos. Para los cubanos que colocaban en Estados Unidos la meta de sus aspiraciones, esta Habana era un apéndice tropical de Manhattan... al mismo tiempo que un reto. Si queríamos vivir como norteamericanos teníamos que estar profesionalmente a su altura.

—¿Y qué pensó Fidel de todo eso?

—Al principio parecía que le gustaba... vivía en una suite del Havana Hilton.

—Todos los dirigentes viven bien.

—Por supuesto—respondí—. Pero Fidel no conoció La Rampa hasta después del triunfo. No conoció La Habana del éxito económico durante los años que pasó en la cárcel o en México o en la Sierra. La Habana de Fidel fue la ciudad de sus luchas estudiantiles en los años cuarenta, y su Cuba fue la de los campesinos de la Sierra Maestra, que era una Cuba pobre y explotada y olvidada.

—Era otra Cuba que existía.

—Sí. Pero Fidel nunca comprendió que La Habana se había transformado en una importante ciudad de clase media... Y con La Habana, un buen número de capitales de provincia... Como el desarrollo había ocurrido, en su mayor parte, bajo la dictadura de Batista, Fidel se negó a tenerlo en cuenta. Su error fue considerar a esta otra Cuba como enemiga.

Kelly me miró. Yo miré a mi alrededor. Sugerir que Fidel pudiese cometer un error era un delito en la Cuba revolucionaria. Luego me dije que era una temeridad comentarlo con Kelly. La muchacha se había puesto seria.

—Era una Habana de prostitutas y mafiosos—dijo.

—¿Tú crees?—. Su comentario me había molestado por mediocre: un lugar común y superficial que poco tenía que ver con la realidad profunda de la ciudad. Preferí tener paciencia y tratar de explicar una época que ya no existía.

—El turismo significó desarrollo: una excelente fuente de ingresos. Batista se asoció con la Mafia y lo convirtió en un negocio sucio... Pero la mayoría de los habaneros eran honestos... en esa Habana surgió el movimiento revolucionario.

—¿Y tú fuiste revolucionario?—. Su tono era ahora agresivo.

—Era demasiado joven—respondí—. Un adolescente de clase media que estudiaba bachillerato en un colegio católico y que soñaba con el cine. A los quince años escribí la crítica de una película y con ello me gané una beca para estudiar cine. Pero jamás me educaron en política. El fermento revolucionario ocurría en la Universidad y cuando me llegó la hora de ingresar, Batista la había cerrado... No, nunca fui revolucionario... ¡Pero no me faltaron ganas!.

Kelly me miró, desconfiada.

—Una noche pasó un coche-patrulla de la policía batistiana, mientras esperaba un taxi en la puerta de la casa de mis padres. Al verme, el chofer detuvo el carro con un frenazo aparatoso y su acompañante saltó del vehículo pistola en mano y me la puso en la nuca. Me ordenó que me pusiese de espaldas, los brazos en alto y con los pies lo más alejados posible de la pared. Le obedecí, pero no le pareció suficiente y me pateó los tobillos, obligándome a contenerme contra el muro para no caer. "Esta es mi casa", le dije. "Estoy esperando un taxi". En un instante el policía me revisó el cuerpo, buscando armas. No las encontró. Me empujó de nuevo, esta vez hacia la escalera que conducía al piso de mis padres. "Sube", dijo, "y espera arriba. Si doy la vuelta y te encuentro de nuevo, ¡te mato!". Si aquel día hubiese tenido los contactos, me hubiese hecho revolucionario. El hombre hablaba en serio.

Kelly me agarró por el brazo y me besó en los labios con un beso coqueto y rápido.

—¡Perdona!—dijo—. No quise ofenderte.

Habíamos llegado a la esquina de M y 23, la esquina trasera del antiguo Trader Vic's, el restaurant del Hilton que ahora se llamaba Polinesio. Al doblar aquella esquina, por la calle M, una larga cola se prolongaba hasta la calle 25 a todo lo largo de la fachada posterior del hotel. Hombres y mujeres de todas las edades, y hasta niños, se aprestaban a pasar la noche en la acera, durmiendo contra la pared del edificio, cubriéndose con mantas.

Kelly me miró alarmada.

—¿Qué pasa?—dijo—.

—No pasa nada. Es una cola que se forma todas las noches, a partir de las once. Ahí pasan la noche para asegurarse los mejores puestos mañana, a las nueve, cuando el administrador abra el restaurant. A esa hora les dán un número para que vuelvan a partir de las 12 y media, para el almuerzo, o de las 7, para la comida. Duermen durante el día.

—¿Y cuándo trabajan?

—Mañana no irán a trabajar. Darán cualquier excusa, un niño enfermo, por ejemplo. Hay quienes no trabajan y viven de hacer cola para otras personas.

Cruzamos la calle M y desde la acera de la funeraria Caballero observamos el espectáculo de aquella cola que ahora veíamos continuar alrededor de la esquina de la calle 25, cuesta arriba hacia la calle L.

—¿Cómo lo permiten?—preguntó Kelly—.

—No va a durar—dije—. Es demasiado visible. Pero no todas las colas van a desaparecer. La cola es una manera de controlar a la gente. Una forma de educación por la humillación. Como en el ejército.

Kelly no contestó. Su mente procesaba las imágenes de una ciudad que había imaginado más justa y feliz que la suya propia.

En la otra acera de La Rampa otra cola se extendía media cuadra. Se la mostré.

—Es la Casa de la Cultura Checoslovaca. La instalaron en lo que antes era un salón de exposiciones de la Jeep. Es el único lugar de La Habana en que se pueden comprar discos. Hay buenos discos de música barroca. La gente hace cola cuando venden discos de grupos checoslovacos de jazz.

Llegamos ante la marquesina de un cine. A través de las gruesas puertas de cristal se podía ver una rampa de hormigón volando en terrazas sobre una fuente de agua.

—Este era un cine de arte y ensayo, el colmo de la sofisticación a la cubana: programación europea en una arquitectura y espacio a la americana. Se llama Arte y Cinema La Rampa, un cine dónde pudimos ver algo más que el seudo-porno protagonizado por Martine Carol. Aquí vimos lo mejor de la producción europea y hasta hace poco la explosión de la Nueva Ola francesa.

La entrada del cine aparecía desierta. Sin decir palabra la muchacha caminó hasta la esquina a ver si había una cola en la calle lateral. No había nadie. Kelly se volvió y me miró interrogante.

—Ahora ponen películas soviéticas y de la Europa del Este—dije.

No ya la duda, el pánico apareció en sus ojos—y entonces comprendí que había llegado el momento. Sabía que Kelly perdería pié con lo que le iba a enseñar. Pero no lo pude evitar. Al fin y al cabo no era más que una joven norteamericana enfrentada por primera vez a sus propios mitos.

—Ven dije. Sentí una satisfacción un tanto cruel cuando la cogí de la mano y agregué—: Bajemos a La Gruta.

9

La Gruta era una boite debajo del cine y una institución de la noche en La Habana—es decir, lo que quedaba de la noche habanera. Había por lo menos diez grados de diferencia entre el calor de la calle y el del lugar: diez grados más de calor dentro del local. Esta Habana americanizada había sido construida con el aire acondicionado como imprescindible y ubícuo compañero omnipotente. Sin piezas de repuesto los aparatos comenzaban a fallar y el resultado era obvio: había poca gente.

Una hilera de mesitas con manteles que caían hasta el suelo cubrían un flanco del local, alejándose hacia un infinito de espejos paralelos. Al fondo había un piano blanco y una cortina de terciopelo rojo: habíamos llegado a tiempo. En coreografía concertada de antemano los camareros desaparecieron, las luces se apagaron, la cortina se abrió muy lentamente y del caleidoscopio de reflejos repetidos apareció Frank Domínguez. Llevaba una melena enorme, ensortijada y pelirroja, que iluminada por detrás creaba un halo anaranjado alrededor de su cabeza en la oscuridad casi absoluta del lugar.

Al verme, Frank se acercó. Con un abrazo excesivo como su imagen, me besó en la mejilla y luego besó también a Kelly con un gesto elegante de aprecio estético. Después de pasearse por el local—saludando a lo poco que le quedaba de su público incondicional—Frank Domínguez se sentó al piano y con la boite completamente a oscuras nos dedicó, sólo ante su luz, su piano y su micrófono, la que sabía su mejor canción:

Tú me acostumbraste

Kelly me miró y sonrió.

y tú me enseñaste

—Esto queda—dije—porque es muy difícil hacerlo desaparecer.

Frank es esa canción y esa canción es más habanera que yo. Ahí donde lo ves está casado, tiene dos hijos y su mujer pregunta por él sin el más mínimo complejo: "¿Han visto al maricón por aquí?" La Habana también es Frank. Es uno de sus mejores músicos. Con Bola de Nieve es lo único que nos queda.

Sutil llegaste a mí

Pasó un camarero, iluminando su camino con una linterna de bolsillo. Kelly no supo qué decir. El contraste entre la Cuba oficial y la real la aturdía.

Explicarle a Kelly quién era Bola de Nieve hubiese sido imposible.
—¡Ven!... ¡Tienes que verlo!—dije.

Nos despedimos de Frank y salimos de la boite. Cruzamos la avenida y subimos por la cuesta de la calle lateral, hasta la esquina de las calle 0 y 21.

Kelly observó el restaurant Monseigneur desde el bar, lo apreció a pesar de los desgastados terciopelos color vino, y luego vió aquella bola de talento apabullando el piano en el centro del salón. *Tú me has de querer* le hizo comprender que el bolero no era un tres por cuatro monótono, sino una forma de decir, una sincera manera de expresión. Kelly se aferró a mi brazo y no lo soltó hasta que Bola no hubo terminado.

Y no había hecho más que soltarlo, para aplaudir, cuando Bola golpeó cuatro acordes en el piano, muy fuerte, cambiando abruptamente de ritmo y fijando el tono de su próxima canción. Bola de Nieve nunca me pareció mejor que aquella noche.

Tú—que llenas todo
de alegría y juventud

—¿Y quién come aquí?—preguntó Kelly, observando el restaurant repleto—. No ví la cola.

que ves fantasmas en la noche de trasluz

—Esto es más caro que el Polinesio y no permiten colas. Vienen los diplomáticos y la nueva clase, como yo: profesionales o funcionarios del régimen. Con la comida racionada y sin nada que comprar, nos sobra dinero y nos lo gastamos cenando en lugares como éste, que son muy caros. Así el gobierno saca el dinero de la circulación. Una forma oficial de mercado negro.

y oyes el canto perfumado del azul

Kelly fingió un gesto de severidad:
—No pareces estar muy contento con Fidel.

Vete de mí

—Lo que no se puede estar es contra él—dije, y miré una vez más a mi alrededor, repitiendo ese gesto paranoico que se había convertido en reflejo condicionado.

Una pareja de extranjeros bebían dry martinis, tres banquetas más lejos. Por la calidad y corte de sus ropas se les adivinaba occidentales, seguramente italianos.

—Estuve con Fidel antes y después del triunfo... Como la gran mayoría—continué—. Ahora estar o no con Fidel carece de importancia. Lo domina todo. Y dominarlo todo puede ser peligroso.

ser en tu vida lo mejor

Bebí de mi mojito y sonreí.

—Pero no te preocupes. No soy contrarevolucionario.

de la neblina del ayer

—¿Y qué vas a hacer?—preguntó.

—No hay nada que hacer—dije.

cuando me llegues a olvidar

—¿Entonces?

—Espero. A ver qué pasa.

—¿Otra invasión?

como es mejor el verso aquel

—No—dije—. Sería una masacre. Una catástrofe para todos. El nacionalismo está exacerbado. Además, después de la crisis de los cohetes las cartas están hechadas.

que no podemos recordar

Me bajé de la banqueta alta, pagué la cuenta y la tomé del brazo.

—Ven—dije—. Verás lo que te enseño.

Saqué a Kelly del Monseigneur y ya en la acera le enseñé el hermoso edificio que se alzaba ante nosotros. Era el Hotel Nacional, iluminado en la noche. Las dos torres de su arquitectura neo-colonial se recortaban contra el azul intenso de una noche iluminada por la luna repleta del Caribe, esa bola inmensa y plateada que veíamos por entre las palmas reales, las bugambilias coloreadas, los helechos de la vegetación tropical—ahora pelada y escasa.

Entramos en el edificio. El hotel estaba desierto. No se veían ni huéspedes ni turistas: apenas un conserje revisando papeles en la recepción, su uniforme ajado por el tiempo. Llegamos a los grandes ventanales que daban al jardín. Un policía en civil se movió sin tacto, siguiéndonos.

Del mar llegaba una brisa tibia y salada. El hotel había sido construido en los terrenos de una antigua fortaleza militar española y los arquitectos habían dejado los cañones de época como decoración—bonito contraste en el jardín frente al mar.

Por las faldas de la fortaleza pasaba el Malecón y desde lo alto del promontorio se podía ver la columna decapitada del Monumento al Maine, el acorazado norteamericano cuya explosión en La Habana había comenzado la guerra entre España y Estados Unidos. En los primeros meses de la Revolución una turba derribó el águila americana que coronaba el monumento. Picasso prometió enviar una de sus palomas de la paz para sustituir el águila imperial, pero la paloma nunca llegó y la alta columna aparecía triste y abandonada en aquella plazoleta árida en el Malecón. Sólo que ahora tanto la larga avenida costera como la plazoleta se encontraban salpicadas por un número infinito de ametralladoras anti-aéreas de cuatro cañones. La gente las llamaba "cuatro-bocas" y los jardines del hotel también estaban repletos de "cuatro bocas" protegidas con sacos de arena.

—Aquí rodaré una de las secuencias de mi película.

Cuatro soldados custodiaban cada ametralladora, día y noche. Y la hilera de "cuatro-bocas" checoslovacas recorría los jardines de un lado a otro, una cada cuatro metros.

—¿Para qué?

—¡Para mostrar lo caro que es hacer una revolución!—dije, pensando en lo ridículo que se hacía custodiar la isla con ametralladoras después de haber tenido cohetes atómicos.

—¿Y qué quieres?—dijo—. Volverían a atacar.

—Eso dice Fidel. Pero todos sabemos que así se desangra la economía.

—Volverán a atacar—afirmó Kelly, mirando el Malecón junto al mar: sus neones apagados y oxidados, sus casas con las fachadas verdosas de salitre podrido por la humedad.

—¡Bah! Ya nadie va a atacar. Los acuerdos están tomados.

—Nací allí—dijo Kelly—. Sé lo que digo.

Su renovada militancia me volvió a molestar.

—¡Y yo nací aquí! Estas ametralladoras son una forma de diversión… Distraer a la gente de la excases.

—En mi hotel no se come mal.

El tono de Kelly había sido seco.

La miré:

—En el Monseigneur tampoco.

Hubo un silencio. Kelly miró a su alrededor. El policía en civil nos vigilaba desde la terraza, a una distancia prudencial.

—Perdóname—dijo—. Se trata de Cuba. No lo pude evitar.

—No es tu país.

—Es por mi padre.

—¿Por qué tu padre?
Kelly caminó hasta el borde del jardín y se detuvo:
—Ya te contaré.
Luego me miró y alzó los hombros:
—Nunca me explicaste por qué no hay comida en las casas.
—Por el centralismo... Porque los planes agrícolas se hacen desde La Habana, autoritariamente, sin tener en cuenta las características del lugar... Porque los campesinos producen su cuota obligatoria y no les interesa trabajar más si les van a pagar lo mismo... El resultado es el racionamiento. Los burócratas comen de una manera u otra, según su rango y sus privilegios. Los demás... ¡Pizza y coditos, spaguetti y pizza!
—No pareces entusiasmado con el menú.
—Te equivocas... ¡Me gustan los coditos!
—¡Serás comunista!
—¡Al contrario! Soy el hombre más feliz del mundo. Estoy contigo, el lunes comienzo una película y vivo en uno de los lugares más efervescentes del planeta.
—No debieran dejarte filmar esa película. ¡Con lo que dices!
—No creas que digo esto a todo el mundo todo el tiempo.
—¡Solamente a mí! ¡Una extranjera que no sabes ni quién es ni lo que piensa!
Un escalofrío recorrió mi espalda y se me alojó en el vientre, emitiéndo un quejido que me dejó cubierto de un sudor helado. Kelly lo notó.
—No te asustes—dijo—. No soy policía.
Miré al policía que nos vigilaba desde la terraza.
—Nunca he comentado Cuba con nadie—dije, intentando recuperar mi aplomo—. Por lo menos nunca tanto como ahora.
—Lo tomo como un cumplido—respondió—. ¡Pero ten cuidado!. En la delegación nos preguntamos quién entre nosotros es el agente de la CIA. ¿Dónde vas a filmar?
—Unos días en La Habana y luego en las minas de nickel, en la provincia de Oriente.
—No te veré más... El viernes nos llevan a recorrer la isla.
—Es cierto.
—Pues hagamos algo—dijo.
—Algo hacemos todas las noches.
—Quiero decir algo diferente. Vernos en otra parte, en otra ciudad... En esa playa una última vez, por ejemplo.
—¿Cuándo dijiste que se van?
—Pasado mañana viernes.

—¡Perfecto! Para el viernes por la noche habré terminado la preparación del rodaje. Pasaremos el fin de semana en Varadero. ¿Qué te parece?

—¡La ilusión de mi vida!—dijo, haciéndose la bizca—. Dos días contigo en Vara… ¿Vara qué?

—Dero.

—¡Wow! ¡Dos días contigo en Varaquedero! Y entonces ¡plof! ¡Este sueño se acabó! Cuando salí de Cuba dejé mi vida, dejé mi amor…

—¡Kelly!—dije—. ¡Que esa canción está prohibida!

—¿Prohibida? ¿Por qué? ¿Por añorar tu país?—. Kelly levantó la voz—. ¡Más prohibidas debieran estar las cosas que me dices!

El ron le había subido a la cabeza, devolviéndole su rebeldía. La llevé hasta la calle por la entrada de automóviles del hotel. Por suerte, nadie la oía.

—¡En fin, que te vas a rodar tu película! Y yo a intentar comprender con mi mentalidad de norteamericana privilegiada las contradicciones de una revolución en el trópico. ¡Bof! ¡Varaquedero!

El viernes los estudiantes hicieron una primera escala en la playa más hermosa de Cuba—antes de comenzar su lento recorrido por la isla. Mucho tiempo pasaría antes de que descubriésemos que aquel re-encuentro en Varadero iba por completo a cambiar el rumbo de la vida de Kelly… y de la mía.

10

Aquel viernes parqueé mi automóvil en una cuesta vecina al ICAIC. Los automóviles en Cuba llevaban tres años sin piezas de repuesto y durante toda la semana la batería de mi carro me había dado problemas. No quería que un fallo eléctrico me impidiese pasar el fin de semana con Kelly en Varadero, y aquella cuesta era el lugar apropiado para empujarlo y ponerlo en marcha si al final del día la batería me fallaba.

Ya para 1964 la lista de espera en el taller centralizado del automóvil era de cinco a ocho meses antes de que aceptasen un carro para repararlo. Como es lógico, muy pronto se desarrolló un mercado paralelo en el que lucraba todo el que tuviese un mínimo de conocimientos técnicos. Los mecánicos abrían las viejas baterías, por ejemplo, y conservaban las placas con más del 15 por ciento de superficie activa. Con cuatro de estas placas rellenaban una caja vieja y la vendían como nueva al precio de 80 pesos por batería: un objeto que se compraba en cualquier garage, sólo tres años antes, por el equivalente de $25. El arranque de todo automóvil que no perteneciese al Gobierno, a las Fuerzas Armadas o a la Seguridad del Estado dependía de esta industria subterránea de baterías con potencia muy relativa.

Esa noche mi automóvil no arrancó. Volví al ICAIC, sabiendo que Aguilar todavía se encontraba en la oficina. Cuando regresamos al carro, puse la llave en el contacto y apreté el cloche, colocando segunda en la caja de velocidad. Luego quité el freno de mano y dejé que el carro cogiese velocidad a medida que bajaba la cuesta. Aguilar me empujó lo más que pudo, hasta que la velocidad fue suficiente y entonces solté el pedal del cloche y las ruedas, conectadas ahora al diferencial, movieron el motor, y el dinamo creó su propia corriente eléctrica. La chispa hizo explotar la gasolina en el carburador. Me despedí de Aguilar, agradeciéndole su esfuerzo, y me puse en marcha. Eran las 11 y 30 de la noche. El viaje de La Habana a Varadero tomaría dos horas y confiaba en el trayecto para recargar la batería.

El Hotel Internacional de Varadero había sido construido en el estilo impersonal que proliferó en las playas elegantes de la Florida a finales de los años 50. De la misma manera que en Cuba recibimos en los 40 la bienvenida influencia del Tropical Deco propio de Ocean Drive en Miami Beach, sufrimos más tarde una corriente de arquitectura con tecnología moderna, pero sin caracter, de la cual el Internacional era un buen ejemplo.

A la una y media de la madrugada el parqueo del hotel estaba vacío, a pesar del inesperado número de ventanas encendidas. "Deben de ser los americanos", me dije, "que han venido en ómnibus".

Bajé del carro, saqué mi maletín y caminé hasta la entrada del edificio. Un parqueador en uniforme me miró sin saludar siquiera y un botones me dejó pasar sin hacer el menor ademán de ayudarme. Un poco más lejos un hombre de edad imprecisa, barba de varios días y aspecto sucio parecía dormitar contra un farol del alumbrado. Me pareció curioso que permitiesen mendigos en la entrada de un hotel de lujo, especialmente en un país que se jactaba de haber eliminado la mendicidad. Pero estaba demasiado cansado para pensar.

En la recepción, el conserje me vió llegar, mirándome con indiferencia. Tendría unos cincuenta años y la altanería de alguien que pensaba haber vivido tiempos mejores.

—Una habitación, por favor—dije.
—¿Tiene reservación?
—No.

Recuerdo que la luz se reflejó en su calva cuando se inclinó sobre el mostrador para observar mi maletín.

—Sin reservación y sin equipaje—dijo, al tiempo que descolgaba una llave de la casilla 302.
—¿Le parece extraño?

El hombre extendió un brazo flaco que apareció desnudo por la manga de su chaqueta. Me dió la llave.

—Ya nada me parece extraño.
—¿Qué tiempo lleva en el hotel?—le pregunté.
—Diez años, que son muchos. ¿Cuántos días piensa estar?
—Hasta el domingo—dije—. Por la tarde.

El conserje escribió un recibo y me lo extendió.

—Son 60 pesos.

Le dí el dinero.

—No creo que necesite ayuda con su maletín—murmuró, y me dió la espalda.

Caminé hasta la puerta del ascensor y apreté el botón. La luz en el panel fue saltando de número en número, bajando desde el quinto piso hasta que se iluminó la L y la puerta se abrió. Los tres hombres que salieron de la cabina vestían con camisa de manga corta por fuera del pantalón.

El hombre que parecía jefe del grupo, de unos 30 años, tenía un bigote grande y era alto y delgado y casi calvo. Me sorprendió lo blanca que era su piel, como si jamás hubiese sido expuesta al sol. El hombre pasó junto a mí, sin mirarme, y se alejó hacia la puerta del hotel caminando de esa forma que tienen los flacos grandes de moverse. Tal como Kelly me lo había descrito.

Los otros dos tenían el aspecto de niños bien que los delataba como productos de esa clase media que enviaba a sus hijos a los colegios más caros, para que el roce con clases altas les permitiese un ascenso en el status social. Como tenían modales y sabían idiomas y a la llegada de la Revolución no quisieron abandonar el país, se convirtieron en agentes del ICAP, el Instituto de Amistad con los Pueblos—verdaderos guías-traductores-policías cuyos sueños de parvenu se veían realizados al ser incluidos en la Nueva Clase del régimen. Los muchachos se detuvieron un instante junto a mí, antes de separarse.

—Dile a "Martí" que estaré en el muelle—dijo uno, alejándose en dirección al mar.

—¡Que no te oiga, coño!—contestó el otro, en voz muy baja. Luego engoló la voz en lo que no podía ser otra cosa que una imitación del jefe—: ¡Con la patria no se juega!

El muchacho apresuró el paso para alcanzar al hombre del bigote martiano, que le esperaba impaciente al final del pasillo.

Penetré en el ascensor, apreté el botón del tercer piso y la puerta comenzó a cerrarse. Fué entonces que el hombre alto, flaco, casi calvo y con bigote martiano fijó su vista en mí—y comprendí que todo aquel tiempo el tal Roberto había estado perfectamente consciente de mi presencia.

Al día siguiente, la brillantez penetrante del sol me despertó temprano. Me puse un traje de baño y bajé a la playa, dónde el brazo extendido de la estatua de Cristóbal Colón, blanca contra la blancura increíble de la fina arena de la playa, apuntaba, curiosamente, al norte. La arena comenzaba alto, en la línea verde de los pinos y de las moras de mar, bajando los 400 metros interminables que separaban la vegetación del agua azul transparente, y luego azul-verde, y luego verde hasta la línea azul marino del horizonte.

Era temprano y había poca gente, pero ya Kelly jugaba con una pelota en el mar. Ví cómo la muchacha le tiró la pelota a Carol, que no pudo alcanzarla. Carol tropezó con un banco de arena y cayó al agua, perdiendo sus espejuelos. Cuando una ola la revolcó, Kelly me vió, pero tuvo la delicadeza de ayudar a Carol a ponerse en pié, antes de venir a mi encuentro. Ví las piernas largas de Kelly afincarse en la arena, el agua llegándole a los tobillos, la blancura de su piel transformada por el sol en un rosado profundo bajo sus pecas.

—Viniste—dijo, y me besó en la punta de los labios—. Nademos un rato. ¡Estás tan blanco!

Carol se ajustó los espejuelos y me vió entrar en el mar. La muchacha me tiró la pelota y la reboté hacia Kelly mientras me dejaba hundir en el agua transparente y cálida. En aquel momento no sabía que un corpulento "guía" del ICAP me había visto bajar por la arena a recibir el beso de Kelly. El agente me observaba desde un parasol de paja, tomándome por un chulito de la playa a la caza de extranjeras despistadas. Tampoco sabía que otro agente me vigilaba desde el agua, fingiéndose bañista. Lo único que sabía, que me importaba entonces, era estar con Kelly aquella hermosa mañana en el mar.

11

El mediodía transcurrió en silencio, lento en la tibia brisa del trópico. Recuerdo que mi habitación daba al mar y que la gasa de la cortina filtraba el resplandor de la luz poderosa en el balcón. La piel de Kelly era un terciopelo suavizado por la sal, ("melocotón del Norte", me dije), y sus pecas color miel, realzadas, irritadas casi por el sol, la dibujaban como un encaje. Era agradable re-encontrar el sabor del mar en sus labios y en sus pechos hermosos, y también la frescura en su pelo entrelazado, salteado con la arena de la playa. En el silencio largo de aquella tarde se escucharon murmullos y susurros, quejidos de placer mutuo en el ronroneo del Atlántico —intercalados por el espasmo buscado, dominado, controlado hasta el colmo del placer: preciosa crispación al unísono.

Esa noche las hermosas coristas del cabaret del hotel se movieron por el escenario con la sensualidad de unos cuerpos que tenían fama de ser los más voluptuosos del Caribe. La mulata cubana, bella como un eclipse, conseguía su representación mejor en aquellas muchachas que formaban los cuerpos de baile de los espectáculos nocturnos. Cuando la mezcla de razas incluía sangre china—con chinos solteros habían sustituido los españoles, en el siglo XIX, a los esclavos de las plantaciones de azúcar—a la mulata se le alisaba el pelo y se le rasgaban los ojos, adquiriendo enseguida el misterio y la delicadeza de las culturas asiáticas.

La orquesta dió un giro musical y los cuerpos increíbles desaparecieron por entre las cortinas. Uno de los protagonistas del espectáculo, vestido de frac, sombrero de copa, bastón y capa corta sobre los hombros, intentó sacar una fotografía del bolsillo interior de su chaqueta—al tiempo que terminaba su baile con una pirueta.

Se trataba de Enrique Santiesteban, un actor que se había hecho famoso interpretando *Tarzán* en la radio y que más tarde quiso crearse una imagen de hombre experimentado y consejero paternal de las quinceañeras. "Bebe de mi copa, pequeña", solía repetir en sus programas con su voz grave y su tono cursi. Con la politización comunista, el mundo profesional de Santiesteban se mudó a Caracas, Miami o Puerto Rico, y nadie supo explicar por qué el actor se quedaba en Cuba. Esa noche su pirueta se convirtió en un paso en falso que por poco lo tira al suelo al final de su baile—y la foto que había intentado sacar del bolsillo interior de su frac cayó al suelo.

—Se le cayó—gritó triunfante el otro protagonista, también de frac y mucho más joven. Era una improvisación, una "morcilla" típica del humor cubano, siempre obsesivo en la alusión sexual y el doble sentido.

Este segundo hombre era Armando Bianchi, caso curioso de la farándula habanera convertida al Castrismo. Bianchi era un antiguo modelo de la televisión y nunca hubiese pasado de ser un figurón si no hubiese sido por el golpe de suerte que resultó su encuentro con una vedette famosa: Rosita Fornés: uno de esos momentos del destino que los españoles llaman, sin rodeos, un braguetazo.

Bianchi quiso que su asociación con Rosita fuese lo que Desi Arnaz había sido para Lucille Ball y la empresa Desilu. Del brazo de la Fornés, Bianchi se convirtió en centro de *Mi esposo favorito*, un programa de televisión que era una copia aplatanada de *I love Lucy*. De la noche—noches mediocres de modelaje insípido—a la mañana—con Rosita: una mujer todavía hoy de una belleza espectacular—, Armando Bianchi se convirtió, joven, apuesto, elegante y triunfador, en estrella de televisión.

Bianchi esperó a que la sala dejase de reir para agacharse a recoger la fotografía que se le había caído a Santiesteban. Su mente buscaba el chiste que continuara la broma, cuando Santiesteban se le adelantó con una respuesta que resultó su revancha.

—Gracias por recogérmela—dijo.

Y la sala estalló en una explosión de risas. El director de la orquesta consideró oportuno el momento para atacar la canción cumbre de la revista.

Vestida con una ajustada sábana rosada, amarrada con cadenas doradas alrededor de la cintura—y una cobra adornando la tiara que llevaba en la cabeza—Rosita Fornés, la verdadera estrella de la noche, comenzó a cantar *Cleopatra*.

Los hombres de frac intentaron corearla y bailar a su alrededor, lo mejor que pudieron. De nuevo surgieron las coristas hermosas, fingiéndose ahora esclavas egipcias. La orquesta levantó el volumen y el espectáculo alcanzó la apoteósis ingenua del kitsch amable y el exceso.

Kelly observaba perpleja, sin atreverse a juzgar. De pronto la orquesta se detuvo y Rosita, envuelto su cuerpo hermoso en su sábana de Cleopatra del Caribe, su pelo dorado cayéndole ondulado sobre sus hombros, sus ojos grandes, su sonrisa amplia y sus pómulos altos, casi eslavos, realzados por la tiara, pronunció la frase que era el mensaje del espectáculo:

—¡Mira qué bueno! Estamos actuando para puro millonario—dijo. Y ante la fingida sorpresa de Santiesteban y de Bianchi, agregó—: ¡Millonarios en azúcar!

La audiencia brincó de júbilo en el colmo de la dicha: la dicha de una audiencia compuesta en un 90 por ciento por los campeones del corte cañero. Cada año, y en recompensa a sus esfuerzos, el régimen traía al Internacional a estos hombres de rostros curtidos y manos encallecidas por el machete, campesinos vestidos con nuevas e idénticas guayaberas blancas viajando en una caravana de ómnibus iguales. La industria azucarera nunca supo qué hacer con estos obreros en los meses llamados de tiempo muerto.

—Fidel dice que para ellos se hace esta revolución, ¿no es cierto?—. Kelly gritaba por encima de la audiencia, igualmente entusiasmada.

No respondí. La muchacha me miró.

—¿Lo dudas?

—No. La revolución les asegura un salario todo el año, servicios médicos y una educación para sus hijos. Independientemente de su eficiencia.

La orquesta levantó el volumen y Rosita continuó con *Cleopatra*, y Santiesteban y Bianchi revolotearon a su alrededor, cargándola en sus brazos—con esfuerzo. Al final se quitaron la chistera en merecido homenaje. Millonarios en arrobas de caña y reyes por un día en las fantasías de aquel espectáculo, los obreros agrícolas aplaudieron más que nunca. Bianchi y Santiesteban saludaron una y otra vez, presentando a Rosita, que se inclinaba ante su público, amplio y profundo su escote generoso. También saludaron las coristas y el director de la orquesta. Cinco minutos duraron los aplausos.

El camarero llegó con la cuenta y le dí la cantidad exacta, sin propina.

—La propina degrada al trabajador—dije. Kelly no supo si bromeaba o hablaba en serio. Prefirió levantarse sin hacer comentarios.

En la puerta del cabaret nos encontramos con Alberto Alonso, cuñado de Alicia Martínez, más conocida por su nombre de casada: Alicia Alonso. Se lo presenté a Kelly, al tiempo que fingía envidia por su posición de coreógrafo del espectáculo.

—Nada me gustaría más que ocuparme de las coristas de este cuerpo de baile—dije—. O de los cuerpos de las coristas del baile.

Momentos más tarde caminábamos hacia la consejería cuando Kelly se detuvo. Se había percatado que las boutiques del hotel no sólo estaban vacías, sino que sus nombres habían sido sustituídos con chatos letreros pintados a mano.

—Es la nueva estética—dije—. Primero lo hicieron con las tiendas norteamericanas. Quitaron los letreros lumínicos con el nombre antiguo y lo sustituyeron con letreros pintados a mano sobre tablones de madera. El Woolworth, que los cubanos llamaban tensén, se convirtió en la Unidad 233. De un día para otro La Habana se transformó en una polvorienta capital de Centro América. Luego Fidel decidió que los letreros eran aburridos y que había que humanizarlos. A partir de entonces el Woolworth se llamó Unidad 233 Mártires del Moncada. ¡Como ése!

Le señalé el letrero que teníamos delante: Unidad 2136 Boris Santa Coloma.

Llegamos ante el conserje del hotel, que nos miró indiferente. Tomó de su casilla la llave de Kelly, la 127, y luego la mía, la 302. Con meticulosa eficiencia las entregó a cada cual. Enseguida se concentró en sus facturas, sin pronunciar palabra. Esta vez no hubo luz que se reflejara en su calva brillante.

Caminamos por el lobby oscuro y desierto hasta el ascensor. Kelly me besó y sonrió. Su rostro pecoso de pelirroja irlandesa se iluminó cuando se abrió la puerta automática. Le devolví el beso y entramos en la cabina. Apreté el botón del tercer piso. Ibamos a mi habitación como esa tarde—aquella hermosa tarde en la brisa cálida del trópico. Kelly se volteó para intentar leer en su precario español una nota pegada a una de las paredes metálicas: "Fidel, seguro, a los yanquis dale duro", decía la nota escrita a mano.

Justo en el instante en que la puerta del ascensor comenzó a cerrarse, una silueta voluminosa surgió de la nada, me agarró por la muñeca, y en perfecto silencio me sacó del ascensor de un tirón—sin que Kelly, que seguía de espaldas, se percatara. El aparato partió. Reboté contra el muro del corredor en penumbras y de nuevo aquella mole me catapultó brutalmente contra una puerta. Pegué contra la madera y la puerta se abrió y el hombre me volvió a empujar, y tropecé atontado, y caí sobre una butaca, volcándola. Esta vez mi cabeza golpeó contra el suelo. Mis ojos tardaron medio segundo en enfocar. Entonces ví los enormes zapatos del hombre penetrando despacio en la pieza, al tiempo que la puerta se cerraba a sus espaldas.

Pasarían diez años antes de que volviese a ver a Kelly. Diez años antes de que pudiera contarle lo que a mí me ocurrió; diez años para que me contase su parte de esta historia.

II

LA REALIDAD

*"La lucha del hombre contra el poder
es la lucha de la memoria contra el olvido"*.
—**Milan Kundera**
en *"El libro de la risa y el olvido"*

1

Diez años más tarde, conduciendo su Volkswagen amarillo sobre el puente de la bahía de Oakland, Kelly me miró y me dijo:

—Hace diez años era tan tonta que cuando me volví en el ascensor y ví que habías desaparecido, pensé que te habías ido porque no me querías.

Por un instante el rubor enrojeció su rostro pecoso, pero enseguida penetramos en un túnel—y no la ví más. El puente de Oakland toca tierra en la isla de Yerba Buena, en el centro de la bahía, y allí se convierte en túnel, antes de resurgir más tarde para su vuelo último hasta la ciudad. Kelly había recuperado su compostura cuando el volkswagen salió de nuevo al puente. El chofer de otro carro tocó el claxon y la muchacha redujo la velocidad del diminuto automóvil, dándole paso. Con pericia se fué colocando en el carril de la derecha, y un par de rampas más tarde salió de la autopista y penetró en North Beach, el barrio bohemio de San Francisco.

Kelly pasó bajo un anuncio lumímino que leía CASTRO en enormes letras verticales: marca de sofá-camas "donde dormir un sueño placentero"—tal como aseguraba el fabricante.

Luego subimos y bajamos varias cuestas, sorteando los tranvías, hasta que tomamos por una calle tan empinada que la muchacha tuvo que batallar con la caja de velocidades para que el pequeño Volkswagen continuase subiendo. Me divirtió el sube y baja de San Francisco y el tintineo incesante de la campanita de los tranvías. En una esquina doblamos de nuevo y a golpes de frenos bajamos otra loma y nos detuvimos por fin ante un restaurant. Kelly torció las ruedas contra el contén de la acera, puso el freno de mano y salimos del automóvil.

—Recuerdo que intenté descifrar aquel papel pegado a la pared del ascensor—dijo—. "Fidel, seguro, a los Yanquis dale duro". Pero mi español nunca ha sido bueno. Cuando me volví me quedé petrificada. Estaba sóla en aquel ascensor vacío. Mi primera reacción fue tratar de detener la cabina y perseguirte.

Kelly cerró con llave la puerta del carro.

—¡Estaba furiosa! Pero tuve que esperar a que la cabina llegase al tercer piso. Entonces apreté el botón del lobby dispuesta a decirte tres o cuatro cosas. ¡Son of a bitch!

Kelly me miró avergonzada. La expresión le había regresado del fondo de la memoria. Caminó alrededor del carro y se me acercó. Su mirada era triste. Entramos en el edificio.

El restaurant estaba decorado en ese estilo neo-andaluz de lujo tan ubicuo en California. Se llamaba *El patio* y hacía honor a su nombre con una agradable área central adornada por una fuente rodeada de palmeras. El piso había sido construido con baldosas de terracota y del alto techo de cristal, por el que se podía ver el cielo, colgaban helechos enormes contra los que estallaba la potente luz del verano en el norte de California.

En la red estereofónica se escuchaba a Crosby, Stills y Nash cantando *Marrakesh Express*.

Come aboard the train

—Bienvenido a San Francisco—dijo Kelly—. Ya te enseñaré lo que queda de Haigh-Ashbury. ¡Ya no es lo mismo! Ven. Vamos a sentarnos.

Las mesas eran barriles de vino colocados de pie y rodeados de sillas de hierro forjado que hacían juego con el enrejado de las ventanas. Al fondo del patio dos mesas de tapete verde ofrecían la posibilidad de jugar al billar entre dos tragos. Las mesas estaban iluminadas por lámparas potentes en las que se podía leer, en letras de un voluptuoso art nouveau de mentirillas, ese refrán eterno: Beba Coca-Cola.

Nos sentamos. Ordenamos vino. La mente de Kelly volvió a Cuba.

—En la recepción del hotel hablé con el conserje que nos había atendido minutos antes. ¿Ha visto al señor de la 302? ¿Le ha visto partir?, le dije, y le dí tu nombre.

Kelly bebió del vino que la camarera le acababa de servir. Luego continuó:

—El día que llegamos a Varadero el conserje se jactó de haber trabajado en el hotel antes de la Mafia, durante la Mafia y luego bajo el control de la Revolución. Pero cuando pregunté por tí puso cara de no saber qué decir y me respondió en un inglés curiosamente precario: "Señorita, si mi memoria no me falla, nadie de ese nombre se ha alojado en este hotel".

Ahora fui yo el que necesitó un sorbo de vino. Kelly esperó a que la camarera colocara la ensalada sobre la mesa.

—"¡Pero si le pedimos las llaves a usted mismo! ¿Seguro que no le ha visto partir?", dije. Y el conserje me respondió: "Sólo veo partir a los que pagan las facturas. Y en esta caso nadie lo hizo". El conserje rompió a reir como un estúpido.

En el tono de Kelly había un resentimiento profundo. Durante varios minutos comimos en silencio. Luego continuó su relato.

—"Tres-cero-dos", le dije despacio para que no hubiese error. El conserje secó su calva con un pañuelo y contestó sin mirarme: "Esa habitación lleva días sin alquilar. Ya le dije que nunca tuvimos a ese señor como huésped", y señaló la casilla de tu habitación, de la que colgaba la llave marcada con el número 302.

La sensación comenzó en la ingle y luego fue subiendo por el vientre hasta que apretó mis pulmones. Recordé la conmoción en mi cabeza al golpear el suelo. Recordé que la oficina en la que me habían hecho entrar a empujones estaba junto a la recepción, del otro lado de la pared, y recordé el peso de la llave 302 en mi bolsillo. Sentí mi garganta seca y de nuevo bebí del vino y se lo conté a la muchacha.

Kelly soltó una risita y mordió un camarón enorme que venía en la ensalada.

—¿No son maravillosos?—dijo, refiriéndose a los camarones. Quería cambiar de tema.

—Son excelentes—contesté. La tensión en su rostro hacía evidente que contaba su historia por primera vez.

—Hace unos días leí sobre esas madres que en Argentina llevan meses buscando a sus hijos desaparecidos… ¿Dónde está tu mamá?

—En Cuba—dije—. Se acaba de quedar viuda. Durante años intentamos conseguir un permiso del gobierno para que mi padre, que estaba enfermo, pudiera salir del país y me visitase en Francia antes de morir. Nunca se lo dieron.

Hubo un silencio. Era mejor, efectivamente, cambiar de tema.

—Cuéntame de Haight-Ashbury.

La calle Haight se encuentra con la calle Ashbury en los alto de una colina desde la que se percibe una hermosa vista de San Francisco. Fuimos después del almuerzo. Desde allí se puede ver Telegraph Hill, con su torre en el centro de la plaza, y luego, más allá, el enorme puente colgante. En aquella esquina había comenzado el movimiento hippy. Ahora, en 1974, la esquina de Haight y Ashbury aparecía desierta.

—Es como estar fuera de la ciudad—dije.

Kelly me mostró una librería. En la vitrina se podía leer un letrero que decía: ¡Trabajadores del mundo, relájense!

—Es la Bound Together Books. Todavía la opera un colectivo de anarquistas— dijo.

Llegamos a una esquina desde la que se veía un edificio quemado hasta el suelo. Me lo señaló.

—Era una tienda tipo Woolworth. La acababan de construir cuando alguien la quemó. Un extremista probablemente. Pero nadie quería la tienda. No aportaba nada al barrio.

—¿Todavía luchan?

—Si. Pero no los hippies. Ya no hay hippies. Todos se han ido o se han muerto de sobre-dosis. Ahora los que luchan son los jóvenes profesionales. Sólo los dueños de los terrenos, que nunca han vivido aquí, quieren tiendas de ese tipo, por los alquileres que consiguen.

Miré el barrio. Kelly se percató de lo importante que para mí estaba siendo el paseo.

—En la primavera de 1961 las mujeres cortaron flores de sus jardines y se las colocaron en el pelo—dijo—. Por las noches se ponían los ponchos y se sentaban en el suelo, componiendo canciones. La marihuana la utilizaban para conseguir una nueva percepción, relajarse y adormecerse en las noches, al igual que sus padres hacían con el alcohol.

Kelly me hechó una mirada para confirmar mi interés.

— En un par de años el ejemplo de este barrio se propagó por el país. Revolucionó la música y las ropas y las apariencias y con nuestra oposición a la guerra en Vietnam cambió la percepción de este país en la historia. Alguien inventó un botón rosa y blanco que decía: Pooh loves you. Se refería a Winnie the pooh, el osito de los cartoons para niños.

Otro compuso una canción:

If you go to San Francisco

—¿Y por qué no te les uniste?

Kelly hizo una pausa.

—Porque no necesitaba liberarme de mis padres. Mi padre era mi ídolo—dijo, y sonrió—: Algunos nos fuimos a Cuba.

—¿Y qué ha pasado?

—No lo sé. En 1968 el país estaba al borde de la explosión. Pero luego se disipó la rabia y cada cual se volvió a su casa.

Era hermosa la vista de la ciudad desde la colina. Al rato regresamos al Volkswagen.

Kelly se puso una chaqueta. La temperatura había bajado desde la puesta del sol y en pleno verano la noche se había puesto fría. Luego se sentó al volante y levantó el seguro de mi puerta. Cuando penetré en el automóvil su rostro se puso grave y sentí que sus pensamientos regresaban a Cuba.

—Aquella noche en Varadero el aire acondicionado se rompió e hizo un calor de espanto—dijo, poniendo en marcha el motor—. No logré dormir... Ni aquella noche, ni muchas noches. De la recepción me había ido al parqueo junto al hotel, pero nada. Ví a uno de los traductores y le pregunté por tí, pero no supo qué decir. Luego se me acercó un botones y un medigo que andaba por allí y tampoco supieron de tí. Lo curioso es que me parecieron sinceros. El traductor se excusó y desapareció en el interior del edificio.

Kelly sonrió, como disculpándose de su propia ingenuidad. Dió una vuelta en redondo y nos alejamos de la esquina de Ashbury y Haight, cuesta abajo, de regreso a Berkeley.

—Del parqueo fuí a la playa y pregunté por tí a un grupo de mis compañeros. Los muchachos cantaban y fumaban marihuana en la arena. Ellos tampoco te habían visto. Había guías por allí, que vigilaban, pero no intervinieron, ni dijeron nada. Cuando regresé al edificio ví a Roberto que caminaba hacia mí, muy serio, su frente amplia brillando en la noche, sus brazos largos colgándole a los lados y la boca crispada bajo su enorme bigote negro. El corazón me dió un vuelco. Roberto era mi única esperanza. Era eficiente y simpático y él sí sabría donde encontrarte. Con él venían sus ayudantes y el traductor al que había preguntado en el parqueo.

Kelly me miró un instante.

—Le pregunté a Roberto: ¿"Qué ha pasado?" Y me respondió: "¡Tú me dirás!" Y le dije: "No sé... Estaba conmigo en el ascensor y desapareció y el conserge me dice ahora que nunca estuvo en el hotel". "¿Quién?", preguntó, y en su cara apareció una expresión que nunca había visto.

Kelly penetró en la autopista que nos llevaba al puente sobre la bahía de Oakland.

—Por hoy se acabó el turismo—dijo—. Ahora nos vamos a mi cama.

—¡No me has dicho qué respondiste!

—Cuando le dije que te había conocido en el ICAIC y que eras director de cine se quedó petrificado.

Kelly dejó escapar su risita.

—¡El pobre diablo, que ya era muy blanco, se puso cenizo del susto!

2

El hombre era alto, su pecho era amplio y sus hombros eran anchos y fuertes. Vestía con guayabera blanca de cuello abierto y mangas cortas que ponían en evidencia sus brazos musculosos de piel oscura—casi verdosa. Minutos antes había penetrado en el despacho del administrador del hotel y de un tirón me había levantado del suelo, para enseguida empujarme contra un sofá, violentamente. La furia congestionaba su rostro. El hombre se fue acercando, lentamente, hasta que estuvo tan próximo que le pude ver las venas latiendo en las sienes.

—Identifícate—dijo.

Me incorporé en el sofá con dificultad y saqué un carnet de mi billetera. El carnet estaba impreso con el número 1, y sobre la rúbrica CARGO aparecía la palabra Director, que lo paralizó. Mi carnet del ICAIC me identificaba como director de cine en un organismo que aún un energúmeno como aquel sabía esencial para la propaganda del régimen.

El hombre leyó el carnet, me miró un instante que me pareció inacabable y luego caminó hasta una puerta al fondo de la pieza, recuperándose. Luego se sentó ante mí, mirándome fijamente. Ya las venas no se le veían hinchadas, pero el párpado superior de su ojo izquierdo le latía sin que pudiese evitarlo.

—Con que eres director, ¿eh? ¿Y qué haces aquí enamorando americanas? ¿Cuándo llegaste?

—Anoche... a las tres de la mañana. Pero eso ya lo sabe.

El energúmeno levantó un brazo.

—¡Cállate!—gritó. Por un instante pensé que me iba a pegar. Pero el hombre logró controlarse y dijo—: ¡Limítate a responder!

Me callé. Habitar en Cuba implicaba vivir en un estado de emergencia permanente y más valía no agravar la situación. Pero no me quería, no me podía resignar a que la Revolución se comportase como una vulgar dictadura fascista.

—¡No hice nada!—dije—. ¡No tiene derecho!

El hombre dió media vuelta y de nuevo se alejó, sin responder. Llegó hasta la pared posterior del despacho y sacó un paquete de cigarrillos de su guayabera. Era obvio que se sentía cada vez más incómodo. Me había creído un "ligón" de americanas y el descubrir que era director de cine, es decir, un miembro de la estructura del régimen, le ponía muy nervioso. Encendió un cigarrillo.

Fue entonces que la puerta de la oficina se abrió y entró Roberto. Se me quedó mirando y por un instante pareció que me reconocía de la noche anterior. Pero no habló. Hizo un gesto para que el otro le siguiese y caminó hasta la otra puerta al fondo de la pieza. La abrió y penetró en un espacio en el que yo no había reparado antes.

Era una extraña habitación de paredes en vidrio transparente—como una pecera. Los cristales me dejaron ver a Roberto esperando a que su subordinado cerrase la puerta. Era obvio que el energúmeno había tomado la iniciativa de apresarme sin consultar con su jefe. Roberto discutía de pié, fijo en su sitio, mientras el hombre corpulento se movía a su alrededor, hablando sin cesar. Nada pude escuchar, ni un lejano murmullo siquiera, y recordé que el hotel había sido construido como primer casino de la Mafia en Varadero. Los arquitectos, en un gesto de ironía visual que captaba a la perfección la mentalidad—y las necesidades—de sus clientes, habían diseñado un espacio "abierto", pero hermético, en el que todo se podía presenciar y nada se podía oir.

Cuando el hombre terminó de explicarse, Roberto dijo algo que le hizo detenerse. El energúmeno le miró y se desplomó en una silla. Se puso una mano sobre el ojo izquierdo para controlar las vibraciones del párpado.

Ví a Roberto descolgar el teléfono y marcar un número. Se volvió hacia mí. Se le veía tensa la piel del rostro, estirada sobre los bigotes que le cubrían el labio superior. Su piel parecía más pálida que la noche anterior, aún más lechosa bajo la luz fría del despacho.

Roberto miró el teléfono, extrañado. Colgó y volvió a marcar el número. Esperó, esta vez impaciente. Pero no pudo comunicar y terminó colgando. Me volvió a mirar. Luego se volvió a su subalterno y le habló. El hombre se quedó mirando y no reaccionó. Roberto tuvo que repetírselo. El hombre corpulento se puso de pié, salió del despacho y me dijo:

—Vamos.

—¿A dónde?—pregunté.

—Que vengas te digo, ¡coño!—. El párpado superior de su ojo izquierdo se le puso a temblar de nuevo.

Roberto había salido de la "pecera" y me miraba en silencio, el rostro pálido y grave. Si sabía que yo era un funcionario del régimen, ¿por qué no me soltaba? ¿Qué esperaba? Pensé de nuevo en Kelly y me dije que mi actitud había sido temeraria, que había sido idiota comentar mis dudas con una extranjera—norteamericana, para colmo, y sobre todo de izquierdas; de la CIA o nó, había sido ingenuo contarle lo que pensaba. ¿Para quién trabajaba Kelly?

El energúmeno abrió la puerta y miró al pasillo antes de dejarme salir. Un hombre que nunca había visto nos esperaba fuera del despacho. Me alcanzó mi maletín de viaje. Lo había bajado de mi habitación y por el peso supe que lo había llenado con mis pertenencias.

Los tres cruzamos el vestíbulo en dirección al aparcamiento y antes de salir del edificio miré a la recepción. El conserje se apresuró en bajar la vista y me dió la espalda, atareándose con sus papeles.

—¿Tienes carro?—me preguntó el energúmeno. Su tono había cambiado. Ahora era más cercano, más cómplice.

—Si. Ahí está parqueado—dije. Y se lo mostré.

Llegamos al carro. Busqué las llaves en mi bolsillo y me encontré con la llave de mi habitación. Se la enseñé.

—Mira—dije—. Voy a devolverla.

—No. Yo me ocupo.

Y tomó la llave de mi mano y la lanzó en el aire, aparentemente sin destino, y el otro hombre, aquel que nunca antes había visto, salió de la oscuridad y la agarró al vuelo y la relanzó de nuevo, y la llave continuó su camino, pasando por las manos de un mendigo inesperado, de un limpiabotas inútil, de un parqueador en uniforme, de un botones aburrido, y de un huésped desconocido, hasta que cayó en las manos del conserje estupefacto, sesenta metros más lejos. Fue una imágen mágica bajo la clara luz de la luna tropical. En coreografía perfecta la llave pasó de mano en mano, manos de policías salidos de la nada, vestidos con los disfraces más diversos, haciéndome comprobar lo peligrosas que pueden ser las apariencias.

Penetré en mi automóvil y apreté el encendido y la batería—recargada en el largo trayecto desde La Habana—puso en marcha el motor.

—¿Dónde vamos?—pregunté al energúmeno.

—A la estación de policía—contestó, mientras penetraba con dificultad en el diminuto carro deportivo—. Pero no te preocupes. Es sólo para pasar la noche.

Su rostro tosco y verdoso se iluminó con una sonrisa, mostrándome una hilera de dientes desiguales y sucios. Su tono parecía sincero.

3

La estación de policía de Varadero era un edificio en madera de una sola planta que se parecía a la oficina del sheriff en una película del Oeste. En la fachada principal había una ventana cruzada de barrotes y una puerta y dos escalones, también de madera, que bajaban a un parqueo de dos plazas.

—Para ahí—dijo el hombre corpulento. Detuve el carro en una de las plazas del parqueo.

Al salir del automóvil los chillidos me asustaron y me pusieron—literalmente—la carne de gallina. Venían de la parte posterior de la estación. Al ver mi reacción el energúmeno me tomó del brazo y me condujo al interior del edificio.

El capitán estaba sentado a su escritorio, del otro lado de la balustrada que separaba el saloncito principal del área administrativa, y el sargento tecleaba en una vieja máquina de escribir, pasando en limpio unos papeles. Al capitán, de unos 40 años, se le veía contento a pesar de los gritos. Vestía un uniforme limpio y bien planchado y peinaba su pelo lacio con la precisión geométrica que le permitía la gomina. Al vernos se levantó y vino a nuestro encuentro con una amplia sonrisa.

—Oye, ¡que tú no paras chico! ¿Otro más para la UMAP?

El energúmeno soltó la carcajada.

—No... Que el compañero no es maricón. ¿Verdad, compañero—. Y me dió una palmada en el hombro.

Hice un gesto que no quiso decir nada, tratando de mantener mi participación al mínimo en aquel juego de complicidades. La utilización de la palabra compañero era un código para dejar claro que a pesar de mi arresto no se me consideraba todavía un enemigo del pueblo.

—Es sólo para pasar la noche... Mañana continuamos viaje.

El capitán tomó un papel de sobre el escritorio del sargento y me lo presentó, tendiéndome su bolígrafo.

—Firma aquí. No vamos a levantar acta, ni te tomaremos las huellas. No habrá cargos. Pero esto sí me lo tienes que firmar.

Se volvió hacia el hombre corpulento.

—Ya sabes. Es una formalidad administrativa.

—¡Ustedes los burócratas!—. El energúmeno se rió de nuevo.

Agarré el documento y traté de leerlo, pero el capitán me lo arrebató, lo colocó con gesto brusco sobre el escritorio y me tendió el bolígrafo. Negarme a firmar era crear un antagonismo en el que tenía todas las de perder. Como en la nueva Cuba no había abogados a los que recurrir ni derechos que invocar, terminé firmando un papel que no había leído. De puro miedo. Al fin y al cabo el energúmeno había dicho que no era más que para pasar la noche.

—¿Quién me lleva al hotel?—preguntó.

El capitán se volvió al policía que leía el periódico Revolución en un rincón del salón.

—Lleva al compañero al Internacional.

El policía se puso en movimiento y el energúmeno le siguió. Cuando salía de la estación se volvió hacia mí y me dijo:

—Mañana te suelto.

El capitán colocó el papel sobre su buró, tomó una llave de sobre el escritorio del sargento, y me dijo:

—Ven.

Le seguí hasta lo que resultó ser una única celda repleta de gente. De allí habían venido los gritos que escuché al llegar—y entonces comprendí por qué gritaban los desgraciados.

Había borrachos en el suelo, y vagabundos sucios y andrajosos, y prostitutas en un grupo contra la pared, protegiéndose entre sí de los proxenetas, y los proxenetas en sus ropas caras de mal gusto y los dedos repletos de anillos de oro tocando a las putas, sus gruesas cadenas alrededor del cuello, con la medalla de la Virgen del Cobre enorme sobre el pecho. Y había también delincuentes, rateros adolescentes y homosexuales excesivos en sus gestos, con sus pelucas y sus rostros embadurnados de maquillaje chorreando por el sudor, y había también bugarrones, igualmente sudados, tocando a los maricones. Y la lista se acaba porque en la celda no quedaba espacio.

Creo que todos —incluyendo los dormidos— gritaron al verme. Como rechazo físico: era julio en la humedad del Caribe y el calor en la celda resultaba insoportable.

El capitán les miró, me miró, y terminó haciéndome señas de seguirle. Regresamos al saloncito. Allí me señaló un único banco en el centro del espacio exiguo.

—Puedes dormir ahí—dijo, para agregar en tono cómplice—: Hemos tenido mucho trabajo. Los sábados por la noche siempre son difíciles.

El banco, construido con estrechos listones de madera, era de esos que terminan por marcar el trasero si uno se queda mucho tiempo sentado. Pero era tarde en la noche y sobre aquel banco me quedé dormido, sin mayor esfuerzo que desconectar mis oídos del bullicio en la celda del fondo. No tener que entrar en aquella jaula había sido suficiente para relajarme. Al fin y al cabo, me dije, lo que me ocurría no era grave, no era más que pasar la noche en la estación de policía de la playa—sin actas y sin cargos—hasta que la delegación de estudiantes abandonasen Varadero.

El domingo me desperté sudando. A pesar de que hacía menos calor tenía la camisa empapada y pegada al cuerpo. Y aunque era muy temprano, un nuevo sargento despedía a los borrachos—aquellos que no habían cometido otro crimen que embriagarse en una noche de sábado. Les dejaba partir con una simple amonestación: la tensión en la celda única aconsejaba la inmediata descongestión del espacio. Yo esperaba de un momento a otro la llegada de mi energúmeno con la noticia de que estaba libre, que los americanos habían abandonado la playa. Pero no vino. No pasó nada. Hasta las once, que sonó el teléfono.

Un policía contestó:

—Es el capitán—dijo, y le pasó el receptor al sargento.

Mientras hablaba, el sargento me observó un par de veces—y miró su reloj, pero no conseguí escuchar lo que decía. Era evidente que le preocupaba la ausencia de noticias en mi caso—como era obvio que le preocupaba igualmente al capitán, al otro lado de la línea. En un Estado sin derechos a nadie le conviene que le hagan cómplice de una detención irregular.

A partir de aquella llamada y hasta el final de su guardia, el sargento me miró con aire diferente—muy inquieto. Lo cual no me hizo la más mínima gracia.

4

Aquel domingo también Kelly se levantó temprano. Fue al baño y se miró en el espejo y para su disgusto se encontró demacrada. Gran parte de la noche la había pasado sola, fumando y bebiendo, y más tarde en su cama, excitada por la marihuana y el alcohol, se había desvelado.

"Lo han raptado", se había dicho.

"No, esta Revolución no le haría eso. Lo que ha hecho es largarse, el muy hijo de perra... ¡Es un grosero!"

La muchacha daba vueltas en su cama.

"Todos los hombres son iguales... ¡Iguales!"

"No, no todos son iguales. ¡El no es así!"

"No lo conociste lo suficiente para poder juzgar".

"Siento que le conozco desde hace mucho tiempo".

Agotada de luchar consigo misma, Kelly se durmió—por poco tiempo. Ahora se observaba en el espejo y vió sus ojeras y palpó las bolsas bajo los ojos y los párpados hinchados.

"Ni fumes ni bebas más", se dijo. "O terminarás perdiendo el sentido de la realidad".

Miró su reloj y decidió que ya era hora. Se puso un jeans y una camisa y salió de su habitación. Tocó a la puerta de su amiga Carol.

—Carol me abrió medio dormida—dijo Kelly, al tiempo que conseguía que el Volkswagen cambiase de carril en la autopista sobre el puente de Oakland. A nuestra izquierda se veía Alcatraz, la isla-prisión en el centro de la bahía, convertida ahora en reliquia turística. En la radio del carro se escuchaba a John Denver.

Sunshine on my shoulders
makes me happy

Kelly la apagó. Su tono era seco, distante, cuando continuó su relato:

—"Me viste ayer con él, ¿verdad Carol?". Cuando Carol abrió los ojos, le repetí: "¿No es cierto que me viste con él?"

Kelly me miró:

—Mi amiga decidió que la resaca de una borrachera no merecía un segundo más de su preciado sueño. Dió media vuelta y se metió en la cama, pero la seguí, la tomé por los hombros y la zarandeé hasta que conseguí despertarla de nuevo. "¡Carol!", grité. Mi grito dejó claro que tenía que escucharme. Detalle a detalle le conté lo que había pasado.

Los ojos fijos en la autopista, Kelly continuó:

—"¿Y qué ha hecho Roberto?", me preguntó. Roberto me había pedido que esperase en mi habitación. Iba a investigar y luego a informarme. Pero nunca regresó. Fue entonces que me puse a fumar y a beber, como una loca.

Kelly hizo una pausa.

—¿Sabes lo que pensó Carol?

Hice un geso de ignorancia. Kelly sonrió, tímida.

—Que me habías dejado plantada. "No seas idiota", le dije. Pero sólo el pensarlo me aterró.

Hubo un silencio.

—Carol terminó por entender cuando le recordé que en La Habana la policía te había prohibido que me vieras. "¡Vamos!", le dije. "¡Tenemos que encontrar a John!".

Recordé que John era aquel muchacho alto y newyorkino, que en las noches de La Habana usaba sombrero tejano en homenaje a Camilo Cienfuegos, el héroe guerrillero. John le había visto en Nueva York, en el hotel Theresa de Harlem, cuando el primer viaje de Castro a la ONU.

—En el lobby no estaba John—continuó Kelly—, pero sí los ayudantes de Roberto. "Se fue a Trinidad", dijo el más joven, refiriéndose a su jefe. Me quedé atónita. "¿Roberto se fue?". "Sí", respondió, "se fue a preparar la recepción de esta tarde". "¿Esta tarde?". Carol me abrió los ojos. "Sí", dijo el muchacho. "Los ómnibus estarán listos en una hora".

Cogí a Carol del brazo y corrí al exterior del edificio, arrastrándola conmigo. Llegamos a la playa en el momento que John salía del mar, escoltado por un guía que había venido a buscarle.

"Este me dice que ya nos vamos", dijo John al vernos.

"¿No era esta noche?"

"¡Han adelantado el viaje!", dije. "Tenemos que hablarte".

John se volvió hacia el guía: "Gracias por prevenirme. Enseguida subo a cambiarme".

El guía nos siguió a una distancia prudente: "Prefiero esperarte", dijo.

John bajó la voz: "Este no va a dejarnos sólos. ¿Qué pasa?"

Kelly cambió la velocidad y manipuló su diminuto Volkswagen por entre el tráfico del puente enorme, ahora convertido en cinco arcos de luces sobre la bahía. La muchacha consiguió colocarse en el carril de la derecha. Continuó su relato.

—Al principio él también pensó que me habías dejado plantada. "Fuck you, John"

Kelly sonrió.

—Creí que se iba a ir sin ayudarme. Pero se quedó callado y no se movió. Entonces aproveché y le dije: "Allen Ginsberg es un poeta conocido. Le tendrán que hacer caso".

John miró al guía, lo pensó un instante y entonces gritó "¡Vamos!". Y nos echamos a correr hacia el edificio. El guía nos corrió detrás, muy sorprendido, subiendo de dos en dos las escaleras.

John golpeó a una puerta en el primer piso.

"Es la habitación de Ginsberg", explicó.

No hubo respuesta. John apretó el timbre, insistente. El guía nos miraba como si estuviésemos locos: "Allen Ginsberg ya está camino de Trinidad", dijo. "Se fue esta mañana con el compañero Roberto".

El Volkswagen salió de la autopista por la segunda de las rampas que llevan a Berkeley. Se detuvo en una luz.

—No lo podíamos creer—dijo Kelly, mirando el disco rojo del semáforo—. Sabiendo que Ginsberg podía crearle problemas serios, Roberto se nos había anticipado. Ginsberg era el único de nuestro grupo que podía llamar sobre el caso la atención de la prensa extranjera. Entonces escuchamos los ómnibus maniobrando en el parqueo.

"Vamos, que hay que estar listos", gritó el guía, al tiempo que se movía nervioso por el pasillo.

—Miré por el enorme ventanal del corredor y vi que tres ómnibus enormes se habían estacionado ante el hotel. "No nos queda más remedio que esperar" dije. "Hablaremos con Ginsberg en Trinidad... delante de Roberto".

La luz cambió en aquel primer semáforo en Berkeley, y no había hecho más que acelerar el automóvil, cuando la muchacha dió un brutal pisotón al freno, deteniéndonos en seco. El frenazo me tiró contra el parabrisas y por un instante creí que el golpe me hacía ver visiones. Un muchacho alto y delgado y con pelo largo sobre los hombros cruzaba la calle corriendo... ¡completamente desnudo!. Al ver el automóvil el muchacho había dado un salto, zafándose del peligro, y ahora se alejaba por la calle lateral, saludándonos con el brazo.

—¡Jesús!—dijo Kelly.
—¿Qué ha pasado?—. No salía de mi asombro.
—Un streaker. Es la nueva moda. Eso y los asesinatos.
—¡Dios mío! ¡A mí que la ciudad me parecía sofisticada y serena!
—La policía arresta a todo negro que encaje en la descripción de los asesinos. Aquí no han acabado los sesenta.

Kelly detuvo su automóvil ante un edificio de tres plantas, con frisos de madera tallada como un encaje y dos chimeneas surgiendo elegantes de los relieves del techo. Era una casa construida en el mejor estilo victoriano y muy bien podía ser la residencia de un millonario si no fuese por lo ajado de la pintura y la inesperada presencia de una huerta de hortalizas sembrada en el jardín, junto a la escalera de piedra que conducía a la puerta de la casa.

—Nadie ha regado la huerta—dijo Kelly. Abrió su puerta y descendió del automóvil—. Vamos a tener que tomar medidas.

En la casa vivían 5 hombres y 7 muchachas, repartidos en las 8 habitaciones de dormir. Cada uno pagaba una fracción del alquiler. Ese era el secreto por el cual Kelly podía vivir en aquella casa enorme.

Por las mañanas se turnaban para hacerse el café y por las noches para hacerse la comida. Y las tareas de la casa rotaban de persona en persona cada semana. Pero las reglas que controlaban las tareas comunitarias resultaban impopulares entre los hombres, creando tensiones.

—Los hombres no cumplen cuando les toca lavar los platos—dijo Kelly—. Pero las mujeres tampoco se ocupan cuando les toca la huerta.

La situación me pareció cómica y no pude impedir la risa. Kelly me fulminó con la mirada. Cerró con llave la puerta de su automóvil y su mirada se fijó en el joven con barba que colgaba de la torreta del techo.

—¡Bob! ¿Qué estás haciendo?

El muchacho miró hacia abajo con dificultad, manteniendo un equilibrio precario. Con una mano se aferraba a la torreta y con la otra orientaba una antena de televisión.

—Quieren ver el asalto al banco.

—¿Qué asalto de qué banco?—le gritó Kelly, al tiempo que subía de dos en dos los escalones de piedra.

En el salón principal se encontraban 10 de los 12 habitantes de la casa. Las miradas estaban fijas en el televisor.

—¿Qué pasa?—preguntó Kelly.

—SShhhh—le hizo una de las muchachas. Y le acercó una silla—. Siéntate.

La imágen se hizo más nítida y uno de los muchachos dió un grito por la ventana para informarle a Bob que la orientación de la antena era ahora correcta. En la pantalla apareció la imagen de un típico banco suburbano. Eran imágenes grabadas por las cámaras de seguridad en el transcurso de un asalto ocurrido aquella misma mañana, según dijo el narrador.

Sólo 6 clientes se encontraban en el banco. A las 9 y 50 de la mañana un joven negro con sombrero y barba de varios días tomó posición junto a la puerta. "¡Al suelo, al suelo"!, gritó.

Una muchacha con espejuelos y pelo rubio corrió al otro extremo del lobby. Otras dos muchachas cruzaron del otro lado del mostrador y arrebataron las llaves a los empleados. Una a una abrieron las gavetas del dinero. "Somos del S.L.A.", gritó desafiante una de las muchachas: "El Ejército Simbionese de Liberación". Debajo de los abrigos se podían distinguir las carabinas automáticas.

Miré a mi alrededor. Los miembros de la comuna estaban fascinados con el espectáculo. Era una juventud que había crecido creyendo que la violencia en televisión era la imagen real de su sociedad. Esta generación ha seguido en TV la guerra en Vietnam, me dije.

En ese instante una nueva muchacha muy delgada tomó posición delante de las cámaras, como buscando el centro de atención. El hombre y la muchacha rubia la señalaron con sus carabinas. Fue un gesto ambiguo. No se supo muy bien si lo hicieron para atraer sobre ella todas las miradas... o si le apuntaban discretamente. En un gesto nervioso la muchacha se acomodó el pelo castaño que llevaba recogido en moño debajo de la boina vasca puesta de moda por Ché Guevara. Entonces se escuchó un grito del joven negro que parecía ser el jefe: "Es Tania Hearst".

—Dios mío—dijo Kelly—. Es ella. ¡Es Patty Hearst!

El joven negro y las cuatro muchachas blancas se echaron a correr, disparando una ráfaga a través de la puerta. Se oyó el ruido de los cristales al caer. El locutor cerró la emisión informando que los disparos habían herido gravemente a dos transeúntes de 59 y 70 años respectivamente. Los asaltantes habían logrado escapar.

—No es ella—dijo una muchacha—. A Patty Hearst la mataron.

—¡Bah!—respondió otra—. Siempre fué miembro del grupo. Ella misma organizó su secuestro.

—No me lo trago—dijo un muchacho muy joven, en tono muy tranquilo, mientras limpiaba la grasa de automóvil que ensuciaba sus manos—. No me trago que en dos meses una burguesa pueda convertirse en revolucionaria. !Es una Hearst!

—Le lavaron el cerebro—avanzó Bob, el muchacho que orientó la antena en el techo—. ¡Eso es lo que hicieron!

Kelly hizo un gesto, molesta.

—A veces hasta crean relaciones amorosas con sus captores masculinos—agregó Agatha, una jovencita con cara de ingenua.

La frase acabó con la paciencia de Kelly:

—¡No digas tonterías!

—¡Lo leí en una revista!—protestó la jovencita.

Kelly se levantó de su silla.

—¡Parece mentira que te llames feminista!—dijo, y subió la enorme escalera que conducía al primer piso.

Agatha la vió partir sin saber qué decir, muy sorprendida. Por lo desmesurado de su reacción comprendí que el robo al banco había afectado a Kelly más de lo que su coraza emocional, nueva para mí, dejaba entrever. Habían pasado diez años desde la última vez que la había visto y era cierto que las pocas semanas en Cuba no habían sido suficientes para conocerla a fondo. Pero Kelly había cambiado. La experiencia cubana la había marcado, haciéndola más irritable. ¿Qué pudo haberle ocurrido en Cuba?, me dije. ¿Qué pudo haberle pasado después de mi arresto?

La seguí escaleras arriba, confiando que su enfado se disipase pronto. Quería que me contase lo que consiguió de Allen Ginsberg en Trinidad, en presencia de Roberto. Para contarle a mi vez la sorpresa que me esperaba aquella tarde de domingo en la estación de policía de Varadero.

5

La tarde de aquel domingo transcurrió lenta y tranquila como las tardes de todo domingo de pueblo. El silencio se instauró en la celda del fonto y permanecí en mi banco, moviéndome de una nalga a otra, levantándome a veces, dando unos pasos para estirar las piernas y descansar de los duros listones de madera. Llevaba sin comer desde la noche anterior, pero no tenía hambre. Lo único que me importaba era la llegada del energúmeno.

A las tres, el sargento de guardia fue sustituido por un nuevo oficial. El sargento le habló en voz baja y el hombre me miró de reojo. Luego se acomodó al escritorio y muy pronto se concentró en los papeles y se olvidó de mí. El silencio de aquella tarde sólo fue roto por el tacleteo de la decrépita máquina de escribir que el oficial utilizó de tanto en tanto.

A las cuatro llegó el capitán. Vestía un uniforme limpio perfectamente planchado y su pelo brillaba con la gomina reforzada después de la ducha. Se le veía contento, orgulloso de sí mismo—y ello se reflejaba en su aspecto dominguero. Pero su actitud festiva desapareció en cuanto me vió y su rostro adquirió un aire preocupado. Fue hasta el oficial de guardia y le dijo algo al oído. Luego fue a su escritorio y se enfrascó en su trabajo.

La tarde continuó morosa. Mi trasero continuó cuadrado. Y me levanté a menudo y caminé mil pasos y miré el reloj. Eran las cinco de la tarde.

A las seis llegó el energúmeno y me levanté del banco. El capitán le vió y vino a su encuentro—y hasta el oficial de guardia abandonó sus papeles para seguir la acción de cerca. Noté con terror que el párpado de su ojo izquierdo vibraba sin control.

Ni una palabra pude escuchar desde mi banco—pero no fue necesario. Ví al energúmeno moverse incómodo en su impotencia, nervioso, incapaz de solucionar un conflicto que sabía peligroso para sí mismo. La expresión del capitán se hacía más grave a medida que escuchaba. Finalmente, con la misma rapidez con que llegó, el energúmeno abandonó la estación. En el último instante, ya en el marco de la puerta, se volvió hacia mí.

—Lo siento—dijo.

Y sentí un vacío en el estómago, casi un dolor, y le ví subir a un Buick, enorme y poderoso, sabiendo que era tan víctima de la situación como yo—y que su frase y su vergüenza eran sinceras.

Al rato, el capitán se me acercó. Había caído la noche.

—¿Por qué te recogieron?

—No sé... supongo que porque estaba viéndome con una americana.

El capitán me miró incrédulo.

—Tu caso está muy raro—dijo.

En ese momento llegó un muchacho con un paquete, un cartucho de papel con manchas de grasa.

—Su comida, capitán—dijo.

El capitán le dió las gracias y el muchacho se marchó.

—¿Has comido?—preguntó.

Llevaba 24 horas sin comer.

—No.

El capitán me ofreció su cartucho.

—Esta noche me voy al Internacional a comer... Al show de Rosita Fornés. ¿Lo has visto?

—Anoche—contesté.

Abrí el cartucho y saqué un plato de carne asada con arroz blanco y yuca con mojo. También traía tostones: un verdadero banquete en la Cuba nueva. Probé la carne.

—¡Está muy buena!—dije.

—¡Está re-que-te-buena esa mujer!

—Me refería a su comida, capitán.

El capitán sintió el ridículo y me miró, interrogando mi actitud. Pero vió que comía con ganas y fingió una sonrisa.

—Es un buen restaurant—dijo—. No les pagamos y sin embargo me envían comida todas las noches.

El capitán echó una risotada y se despidió de sus subalternos. En el parqueo se metió en un automóvil destartalado que condujo él mismo.

Al amanecer del lunes me despertó un rugido de automóviles y las quejas de los presos en el local del fondo. Se trataba de los delincuentes, los proxenetas, los homosexuales y las putas que a diferencia de los borrachos habían permanecio presos durante el domingo. Un policía con metralleta les sacaba de la celda y les conducía ante el capitán, que les rayaba de una lista. Entonces el policía les llevaba al carro-patrulla, que esperaba con el motor encendido. Iban al Vivac, la cárcel preventiva, en espera de juicio.

El proceso continuó durante horas: el policía con la metralleta en ristre y el automóvil esperando con el motor en marcha. Eran los viejos Mercury de la policía de Batista, pintados ahora de verde-olivo y blanco.

Exceptuándome a mí, ningún preso quedaba en la estación al final de la mañana. Fue entonces que el capitán me gritó:

—¡Oye, tú!

Vine hasta su escritorio. El capitán me extendió un papel y un bolígrafo.

Traté de leer el texto, queriendo entenderlo. Pero el capitán se impacientó.

—¡Vamos! ¡Que ya te vas!

—¿Me voy? ¿A dónde?

—Al Vivac de Cárdenas. Pero no te preocupes, no es más que una formalidad. ¡Firma!.

¡Una nueva firma! El capitán me tendió el bolígrafo, al tiempo que entregaba un sobre cerrado al policía que discretamente se había colocado a mi lado. Era delgado y pálido, y ni siquiera estaba armado. Unos de esos policías-funcionarios que reparten citaciones y multas de casa en casa.

Desconcertado, firmé maquinalmente, incapaz de reaccionar, y el capitán me hizo un gesto para que siguiese al policía-funcionario, que ya dejaba la estación camino de la parada del autobús. Salí a la calle.

El sol caía a plomo y la brutalidad del resplandor me cegó. Tuve que dejar pasar un rato para que mis pupilas se acostumbrasen a la violencia de la luz en la calle.

Por la mente me pasó la posibilidad de huir. El policía-funcionario se encontraba a siete metros de distancia, lo suficiente para conseguir una ventaja sustancial si echaba a correr, ahora que se encontraba distraído esperando el ómnibus. ¿Pero correr a dónde? ¿Escapar de una isla rodeada de guardacostas que la patrullaban sin cesar? ¿A nado? ¿En balsa? ¿Y para qué huir? ¿No era el Vivac una cárcel preventiva, de las que se sale en menos de 48 horas cuando te aplican el hábeas-corpus? Que un policía desarmado me estuviese trasladando, ¿no era prueba de que efectivamente se trataba de una simple formalidad? Después de todo, los delincuentes, los proxenetas y las putas habían sido trasladados en carros-patrulla a punta de metralleta. ¡No, no había que huir! Huir significaba aceptar que era culpable. Y no había cometido ningún delito, ni me sentía culpable... ¿Me sentía culpable?

Caminé hasta la parada del ómnibus y me quedé inmóvil junto a policía.

Al cabo de unos minutos llegó el autobús. El policía-funcionario habló por primera y última vez.

—Ya ves... Estoy en uniforme y no tengo que pagar la guagua—dijo—. Pero tú sí.

A pesar de mi miedo, no pude menos que reir de lo ridículo de mi situación. ¿Pagar para ir preso?

El conductor del ómnibus se movió entre los pasajeros y se detuvo ante mí. Miré al policía-funcionario.

El hombre estudiaba con detenimiento las planchas metálicas en el techo del vehículo.

Saqué el dinero y pagué mi pasaje en aquella guagua que me conducía a la cárcel.

La carretera era un simple camino de dos vías a lo largo de la península de Varadero—franja de tierra que protege la bahía de Cárdenas y la cierra del Estrecho de la Florida. Los manglares y los pinos y las uvas caleta dejaban que el mar llegase a dos metros del asfalto, permitiendo a los cangrejos el acto suicida de cruzar la calzada en busca de la bahía—cuyo borde era sucio, putrefacto y sin arena. El asfalto estaba cubierto de cangrejos aplastados por el tráfico en la carretera.

Al llegar al centro de Cárdenas, el ómnibus se detuvo junto al Vivac, una antigua fortaleza española convertida durante la República en cárcel preventiva. Bajé detrás del policía y juntos caminamos la media cuadra que nos separaba del edificio.

Al entrar nos encontramos en un espacio enorme, de puntal muy alto y ambiente fresco. Las gruesas paredes de piedra lo protegían del calor y las ventanas pequeñas creaban una penumbra que contrastaba con el resplandor de la calle.

El policía-funcionario me hizo pasar por una puerta lateral, alejándome de las madres y esposas con paquetes de ropa y comida para los presos—algunas con niños de meses en los brazos.

Entramos en una oficina donde había una mesa en el centro del salón, una silla y dos butacas. La madera del escritorio había sido trabajada en los bordes. Una sombra dorada destacaba el friso y le daba un carácter pompier, propio de otra época. En la silla estaba sentado un hombre de unos 30 años, muy delgado, con pantalón verde-olivo y una camisa azul de miliciano. Era el jefe del Vivac.

El policía-funcionario le entregó la carta que le había dado el capitán.

El hombre abrió el sobre, leyó la carta, y con un simple gesto despidió al policía, convirtiéndose en el único funcionario que no obtuvo recibo por entregar su "mercancía". Desarmado y mensajero, aquel pobre hombre era probablemente ajeno a las tramas negras de la policía. Sin duda la nomenklatura preparaba de antemano su eslabón débil para tener un chivo emisario, en caso de fractura.

—Dame tu documentación—dijo el jefe del Vivac, muy frío.

Le entregué mi carnet del Instituto del Cine, mi permiso de conducir y las llaves de mi automóvil.

—Quedó en la estación de Varadero—dije, refiriéndome al carro.

No me respondió. Sacó un sobre amplio, puso en él mis pertenencias e hizo una lista. Me la enseñó.

La lista era correcta. Quise agregar mi billetera.

—No. Puedes quedarte con tu dinero. Firma aquí, si todo está en orden.

Hubiese tenido que decirle que no, que nada estaba en orden. Pero me callé.

El hombre se levantó de su escritorio y dijo:

—Sígueme.

Le seguí a través de los largos pasillos de techo alto. Llegamos al patio central. Dos pisos de celdas se expandían en herradura alrededor del patio. En el piso superior las celdas daban a un pasillo descubierto, con varanda en hierro forjado. Una hilera de columnas pespunteaban el pasillo en el piso inferior y el jefe del Vivac me escoltó por entre las columnas, camino de mi celda.

Al verle los presos vinieron a los barrotes y gritaron:

—Musulungo, Musulungo...

Miles de voces gritaron lo que parecía su apodo, tal vez su nombre. La prisión pareció estallar ante la aparición de aquel hombre bajito, delgado y suelto; eso que los cubanos llaman—con simpatía, pero también con tono paternalista y racista—un "negrito parejero".

—Al baum, Musulungo... a ese blanquito fisto que lo dejen preso—gritó uno.

—Musulungo, asere... ¡que nos estás llevando recio!—gritó otro.

—Ya ustedes van a estarse quietos—dijo el jefe del Vivac, dirigiéndose a los presos de alguna celda cercana. Su tono era amistoso.

Los presos no le hicieron caso:
—Musulungo, Musulungo, Musulungo...
—¡Oye tú, Musulungo, ven pa'cá, chico!
—Coño, Musulungo, pa'l carajo, ¿cuándo vamos a salir al patio?
—Musulungo, viejito...

Musulungo se detuvo. Su grito comenzó ronco en el fondo de su garganta para rajarse como un chillido en la última sílaba:
—¡Hagan sió!.
Y se hizo silencio.

Musulungo sonrió, orondo, y continuó su camino, orgulloso de su poder sobre aquel mundo. No volvió a decir palabra, ni siquiera miró a los presos. Pero era obvio que el Vivac de Cárdenas, después de tantos españoles y tantos cubanos blancos, era ahora su feudo. Musulungo llegó ante una celda y abrió la reja. Fue como si hubiese abierto un mausoleo.

La celda era tan grande que parecía más bien un salón en penumbras. El techo era tan alto que ni lo podía ver, con mis ojos obturando todavía para la brillantez brutal de la luz en el patio. Y la celda era fresca. No había muebles, ni lámparas, ni siquiera bombillos colgando del techo. Medidas de seguridad, me dije. Fué entonces que escuché el chirrido de la puerta cerrándose a mis espaldas y me dí vuelta.

Musulungo cerró la aldaba con fuerza, la ajustó, y le puso llave a la puerta. Me quedé helado. Por primera vez en mi vida me veía en el interior de una celda con los barrotes cerrados. ¡Con llave!

Musulungo se alejó, sin decir palabra. Regresaba a su despacho.
—Musulungo, Musulungo, Musulungo...

Alrededor del patio los presos aclamaban, o llamaban, o gritaban al hombre que les dominaba: eco reducido de todo el país.

El jefe del Vivac no hizo caso.

Aquí no tendré que pasar más que dos días, me dije, dándome ánimo.

Pero en el fondo sabía que mi caso estaba raro, como había dicho el capitán de la estación de Varadero. Muy raro.

6

Desde mi celda pude imaginar la atmósfera en La Habana, aquella mañana de lunes, entre los miembros de mi equipo de filmación.

Cincuenta personas se habían congregado ante la casa donde se tenían que rodar las primeras escenas de la película. Allí estaban Jorge Haydú, director de fotografía, y su operador de cámara, Gustavo Maynulet. Estaba Sergio Corrieri, el joven galán que interpretaba al ingeniero argentino eje de la historia. Y estaba también Yolanda Farr, actriz y cantante nacida en España y educada en Cuba. Yolanda no tenía experiencia en cine, pero tenía talento y personalidad. Por ello la había escogido para protagonizar a la arquitecta que renuncia al amor del ingeniero—y a una posible carrera en Italia—para ayudar a desarrollar la "nueva Cuba".

Cuando vió que eran las diez y que el director de la película no se había presentado, Aguilar comprendió que tenía que hacer algo. Semanas más tarde me describiría la cara de la presidenta del Comité de Defensa de la cuadra preguntándole el significado de aquella concentración de personas que a las diez de la mañana no habían todavía comenzado a trabajar. ¿No sería una excusa de un grupo contrarevolucionario para crear disturbios? Aguilar le aseguró que no, que todo estaba en orden y que muy pronto aquellas cincuenta personas se pondrían a rodar.

—Ya verá lo divertida que va a ser la filmación—dijo.

Entonces fue junto a Julio Martínez y le pidió que entretuviese a los vecinos. "Julito" se había hecho célebre interpretando el personaje del "Zorro" en TV, bienvenido programa de aventuras entre tanta televisión politizada. El actor jugó con los niños y durante un buen rato contó anécdotas y firmó autógrafos. La presidenta del Comité no lo perdió de vista.

Humberto Hernández ya había intentado localizarme. Sabía que no había dormido ni en mi apartamento ni en la casa de mis padres y que ninguno de mis amigos me había visto desde el viernes por la noche. Como jefe de producción era responsable del plan de trabajo y desde las nueve llevaba aferrado al teléfono, intentando que la filmación no comenzase con medio día de retraso. Aguilar recordó que el viernes por la noche me había ayudado a arrancar mi automóvil, empujándolo por la cuesta lateral al ICAIC. Pero no se enteró de mis planes para el fin de semana. Aguilar marcó el número de mis padres.

La sirvienta le salió al teléfono y le confirmó lo que ya antes había dicho al jefe de producción: "No trabajo ni los domingos ni los sábados por la tarde", dijo. "Pero tengo la impresión que en todo el fin de semana no ha aparecido por la casa. Sus padres están trabajando. En cuanto regresen les informo de su llamada".

Aguilar no supo qué más podía hacer. De acuerdo con Hernández y con los actores y otros miembros del equipo, decidió darse plazo hasta la hora del almuerzo. Ese tiempo lo dedicó a la presidenta del Comité de Defensa, quién no paró de quejarse ni se sintió tranquila hasta que los policías de un coche-patrulla confirmaron la identidad de los técnicos y el permiso de rodaje.

Después del almuerzo, Aguilar llamó a Taladrid al Instituto del Cine y le contó lo que estaba pasando. El vice-presidente le ordenó que enviase a todos a casa, pero que continuase llamando a mi apartamento y que se mantuviese en contacto con mis padres. Alfredo Guevara continuaba su viaje por Europa.

Todos estaban convencidos que mi desaparición era un caso agudo de miedo ante las responsabilidades y las presiones que conlleva la dirección de una primera película. La presidenta del Comité de Defensa llegó probablemente a la conclusión que la gente del cine tenían que estar muy locas para pasarse una mañana congregadas ante una casa—sin hacer nada.

—¡Oye, tú!

La voz me sacó de mis pensamientos. La penumbra y el techo tan alto me impedían distinguir la celda enorme. Estaba sentado en el suelo de cemento, ya que la celda no tenía literas. A través de los barrotes Musulungo me tendía una lata de aceite de automóvil y un poco de detergente en una bolsita de papel.

—Toma, lávala... es para tu comida. Tus necesidades las haces allí—dijo, y señaló un tragante y un grifo junto a la pared del fondo—. Los presos se duchan una vez al día y tienen una hora en el patio, cada tarde. Pero tú estás incomunicado. Nada de duchas ni paseítos al sol.

Su tono había sido seco, autoritario, pero de alguna manera aquel tono era falso. Por la familiaridad con que los presos le trataban comprendí que el estilo de Musulungo era diferente al que intentaba utilizar conmigo.

De pronto, una pelea comenzó entre dos mujeres en la celda contigua. Era la celda de las prostitutas, que Musulungo dejaba con la reja abierta para que pudiesen tender sus ropas interiores en el patio. En las horas que llevaba en el Vivac había visto cómo las mujeres utilizaban sus prendas íntimas para provocar a los presos. Era un juego sádico que les divertía por la tensión erótica que creaban en la prisión. Cuando los hombres salían al patio a pasearse al sol, las prostitutas corrían a refugiarse en su celda, llamando a Musulungo a gritos para que las encerrase con llave.

Con las prostitutas también se cumplía el hábeas corpus, sólo que con ellas—al igual que con los homosexuales y los proxenetas—los jueces estaban obligados a ejercer un filtro de selección. Las que se considerasen "regenerables" eran enviadas a campos de trabajo forzado, oficialmente llamados de "rehabilitación", centros donde las mafias de poder se sostenían en estructuras de lesbianismo obligatorio, custodiadas día y noche por jóvenes soldados armados.

Por fin Musulungo consiguió poner orden en la celda vecina y encerró a las prostitutas bajo llave. Miré la lata de lubricante. El borde había sido mellado con un martillo. Una medida para evitar suicidios, me dije. Como en el fondo de la lata todavía había aceite, fui hasta el grifo y la lavé lo mejor que pude con el escaso detergente que Musulungo me había dado.

Al mediodía uno de los prisioneros se presentó ante mi celda con un cubo repleto de lo que en el Vivac llamaban sopa. Era la hora del almuerzo.

Traje mi lata de Mobil Oil—tan limpia como había podido conseguir—y se la entregué al prisionero que distribuía la comida. Este la llenó con la mezcla más increíble y repugnante que había visto en mi vida. En el líquido aguado de aquella "sopa" flotaban frijoles de todas las formas y colores, spaguetti, macarrones, fideos, pedazos de carne y de pescado, sardinas, restos de mariscos y desperdicios de todo tipo. Sin duda los restaurantes del barrio hacían su negocio vendiéndole a Musulungo las sobras de la noche anterior.

El repartidor de comida me tendió la lata con aquel mejunge. Y ni siquiera me dió una cuchara. Tal vez otra medida para evitar suicidios—o para ahorrar dinero en cubiertos.

—¡Que te aproveche!—dijo.

Círculos negros de lubricante comenzaron a formarse en la superficie. El calor del líquido había conseguido desprender la grasa que el detergente no había logrado eliminar. A punto de vomitar una comida que no había ingerido, fuí al tragante y vertí el contenido de mi almuerzo.

Esa tarde las prostitutas se mantuvieron en silencio mientras los hombres salían al patio a coger sol y dar su "paseito". Los gruesos muros mantenían la celda fresca y en lo alto de la pared posterior una pequeña ventana cruzada de barrotes apenas si dejaba entrar luz. Agradeciendo el frescor y la penumbra, me senté en el piso de cemento a mirar a los presos en el patio central. Al rato se me acercó Musulungo:

—¡Ya sabes que puedes pedir lo que quieras!

—Quiero llamar al ICAIC.

Musulungo sonrió, condescendiente.

—No, viejo... ¡Eso no! ¡Tú estás incomunicado! Pero puedes pedirme periódicos, revistas, cigarrillos. No tienes más que decírmelo y darme el dinero. Yo te lo traigo—dijo, muy suave.

Su actitud cómplice era exactamente opuesta al tono autoritario con que me había querido impresionar esa la mañana. Era el tono del manengue, ese personaje cubano de hipocresía obvia y beneficios magros. Dos días era el máximo de tiempo que pasaban sus prisioneros en el Vivac, muy pocos para hacerse de una buena clientela. Si quería hacer negocios Musulungo tenía que darse prisa. No en balde nos dejaba conservar el dinero al aceptarnos en su prisión.

—El periódico, por favor—dije, y le dí un billete que cubría con creces el precio del diario.

—¿El periódico solamente?—. Con su nuevo tono desenfadado Musulungo intentaba aumentar sus beneficios.

—Solamente el periódico, gracias.

Musulungo sonrió. Quedó entendido que la diferencia pagaría su servicio. Al rato regresó con el diario. No me devolvió el cambio.

A las siete de la tarde el repartidor de comida apareció con su cubo. Era la misma "comida" de la mañana, sólo que convertida ahora en "risotto". La sopa había sido hervida con arroz y el resultado era una mezcla pastosa de arroz con fideos y spaguetti, sobras de pescado y carne, frijoles de todas las formas y colores, y hasta fragmentos de tortilla española, agregados sin duda en el último momento. El preso me tendió un pedazo de pan.

—Para que te hagas una cuchara—dijo.

Me comí aquel pan seco y tiré al desagüe el contenido de la lata. La única mejoría fue que el arroz terminó por absorver lo que quedaba del aceite, y al lavarla la lata quedó limpia. Bueno, casi limpia.

El sol brillaba potente en el patio, pero el interior de mi celda ya se encontraba a oscuras. La algarabía de las prostitutas—que aumentó cuando los hombres regresaron a sus celdas—terminó por calmarse. Como no había ni siquiera un colchón, me tendí vestido en el suelo, sobre el cemento frío—y me dije: ¿Qué será de Kelly?

Luego pensé en mis padres, que a esa hora estarían llegando a su casa del trabajo. Acostado en el piso del enorme hueco negro en que se había convertido mi celda no podía imaginar la sorpresa que a Musulungo y a mí nos traería el día siguiente.

7

Cuando mis padres llegaron a su casa, recibieron el recado que del ICAIC Raúl Taladrid les había estado localizando. Era las nueve de la noche, pero mi padre decidió responder a esa hora.

Mi padre fué el segundo hijo y el primer varón de un comerciante asturiano que con tenacidad y suerte había obtenido la concesión comercial del Central Piedrecitas, en la provincia de Camagüey. Cuando mi abuelo murió, mi padre, con 28 años, heredó la empresa y una familia compuesta de cinco hermanas y de mi abuela que nunca se resignó a la pérdida de su marido.

Taladrid estaba todavía en su oficina.

"Ha tenido mucho trabajo", me contó mi padre que le dijo a Taladrid. "Ni siquiera sabemos dónde pasó el fin de semana".

La crisis económica del año 33 provocó la bancarrota de la compañía norteamericana propietaria del central donde mi padre había heredado su tienda, la cual perdió valor de la noche a la mañana dejándole en la ruina.

"¿No tendría miedo por la filmación?", le preguntó Taladrid.

"No", le respondió mi padre. "No lo creo".

Mi madre también tuvo un padre asturiano, que también era comerciante y que también se arruinó. Cuando mis padres se conocieron, ella llegaba de estudiar en España. Cada fin de semana mi padre conducía su automóvil de La Habana a Artemisa—150 kilómetros en una carretera por la que apenas cabían dos vehículos al mismo tiempo. Al cabo de dos años se casaron. Ella era catorce años más joven.

Después de la conversación con Taladrid, mis padres se fueron a la cama—pero no lograron conciliar el sueño. Mi madre estaba impaciente de comenzar mi búsqueda.

—¡Hay que hacer algo!—dijo—. ¡Ahora mismo!

Después del matrimonio, mi madre había desempolvado sus conocimientos de piano y había conseguido una plaza como maestra en una escuela del Estado.

—En ciertas ocasiones es mejor no apresurar las cosas—respondió mi padre, con su sabiduría de sobreviviente. Dió media vuelta en la cama y fingió dormir.

Mi padre vendía productos eléctricos de ferretería en ferretería, en largas caminatas por las calles de La Habana. Siempre que mis estudios me lo permitían, lo acompañaba en sus largos recorridos. El me ayudó a descubrir la importancia histórica de la calle Obispo o de la Plaza de Armas: esa hermosa Habana Vieja.

A los 40 años mi madre decidió estudiar pedagogía. Ella sabía que el título de pedagoga era necesario para obtener un mejor futuro en el Ministerio de Educación. Ese título le ayudó a conseguir la dirección de una escuela de becados campesinos creada por el gobierno revolucionario.

Mi padre no tuvo la suerte de mi madre después de la Revolución. La representación de productos extranjeros fue monopolizada por el Ministerio de Comercio Exterior, que le ofreció un empleo como cajero en una de sus empresas.

—Tal vez deba llamar a la mujer de Dorticós... Vino a la escuela esta tarde—dijo mi madre, encendiendo la luz.

Se refería a la esposa del entonces Presidente de Cuba, que Castro designó antes de nombrarse él mismo. La mujer trabajaba como maestra en la escuela que mi madre dirigía.

—Es mejor que duermas—dijo mi padre, prudente—. Ya veremos mañana.

Y apagó la luz.

Mi madre se levantó de aquella noche en vela con la decisión de mover el mundo si yo no aparecía. Había decidido contactar a Antonieta Henríquez, la esposa de Carlos Rafael Rodríguez, uno de los pocos dirigentes del antiguo Partido Comunista con poder real en la nueva Cuba. La esposa del político había sido compañera de mi madre en una academia privada de música, donde ambas trabajaron en los años anteriores a la Revolución para complementar sus salarios exiguos. Su instinto le decía que yo estaba metido en un problema serio y que se hacía urgente localizar a la Henríquez para sacarme de la cárcel.

Los acontecimientos, lamentablemente, serían muy distintos.

8

En la mañana del martes el sol penetró radiante en la enorme celda de la fortaleza española. La luz la hacía aparecer aún más grande y por primera vez noté una mancha de musgo que cubría un sector de la pared.

Vegetaciones verdosas surgían de las grietas que la humedad de siglos había abierto en la piedra. Las paredes habían sido construidas con enormes bloques de arenisca, roca típica de las playas del Caribe, que los españoles utilizaron como material básico en la construcción de sus fuertes. En años recientes la hermosa textura había sido cubierta con una vulgar capa de cemento gris sobre la cual los presos grabaron sus nombres. Ahora la humedad amenazaba con extenderse por la pared, borrando el graffitti.

No me dieron desayuno, pero a juzgar por la calidad de la comida había que agradecerlo. Musulungo apareció en el patio central, flamante en su uniforme limpio y bien planchado, sus pantalones verde-olivo en corte de tubo revoloteando en el viento.

Fué directamente a la celda de las prostitutas y les abrió la puerta. De nuevo comenzó la algarabía. Hoy como ayer se pasarían el día provocando a los hombres con sus cuerpos desnudos bajo el vestido exiguo, mientras lavaban y tendían sus prendas más íntimas. El sol calentó el ambiente húmedo de mi celda, antes de abandonarla.

Musulungo se acercó.

—¿El periódico, cigarrillos?

No contesté. Varios guardianes sacaban de sus celdas a los que cayeron presos en Varadero la noche del sábado. Sacaban también a algunas prostitutas. En medio de una erupción de gritos y risas, las mujeres se alejaron hacia la entrada del Vivac, contoneando sus cuerpos.

—Musulungo, viejito... Mejor comida para la próxima— gritó un preso, despidiéndose.

Musulungo se volvió e hizo un gesto obsceno. No lo dirigió a nadie en particular, sino al grupo de presos que se marchaban. En su gesto había más broma que enfado, más simpatía que recurso de autoridad.

—¿Ya se van?—pregunté a Musulungo.

—Se van a ver al juez. El decidirá si salen libres o si los envía a la cárcel—dijo—. A la de Matanzas, para que los juzguen en regla y los sentencien.

Los chulos y los criminales obtenían las ventajas legales del hábeas corpus. Miré a Musulungo.

—Cayeron presos la misma noche que yo—dije, muy serio.

—Lo sé. Pero tu caso es especial.

—¿Por qué?

Musulungo miró al patio y saludó a un guardián que también se iba, seguramente con pase. Luego dijo:

—¿Te traigo el periódico?

Me mantuve en silencio.

Musulungo se movió incómodo. Sabía que a partir de aquel instante mi presencia en su cárcel era ilegal. En su voz había un tono ligeramente amistoso cuando me preguntó:

—¿Dormiste bien?

Miré el suelo de cemento gris y luego le devolví la mirada. Sin dejarme contestar, Musulungo dijo:

—Haré que te traigan una colchoneta—. Y se marchó.

Me quedé perplejo. ¿Para qué aquella súbita urgencia de ofrecerme confort? ¿Una forma nueva de extraerme dinero?

El día continuó con la rutina de los presos paseando al sol. Llegaron dos policías cargando la colchoneta prometida y para mi sorpresa nadie pidió dinero. ¿Será por negarme el hábeas corpus?

Al rato llegó el prisionero con aquella mezcla que llamaban comida y ni siquiera le tendí mi lata. Siguió de largo. No era sólo la calidad de la comida lo que me impedía comer. ¿Sería Kelly un agente de la CIA?

La idea me seguía dando vueltas. No tenía otra explicación que me mantuviesen tanto tiempo incomunicado. O tal vez… El escalofrío me bajó por la espalda hasta las tripas. ¡Eso es! ¡Kelly es un agente de seguridad! ¿No es lo más lógico? No… Si fuese un agente me tendrían en otro tipo de cárcel, bajo interrogatorio. Un sudor frío humedeció mis manos. ¡Tranquilízate!, me dije. ¡Te vas a volver loco!

Y la idea no había hecho más que pasar por mi mente cuando un nuevo miedo se me alojó en el vientre. Fue un flash, sólo un destello, pero en aquel instante comprendí: ¡Claro! ¡Están creándome paranoia para utilizarla como tortura! Dejándome incomunicado, sin recursos legales y sin saber de qué me acusan... Con mis miedos cada vez peores, para ablandarme y hacerme hablar... Lo más importante es conservar mi salud mental, impedirles manipular mi mente.

Fue entonces que un preso, aparecido sabe Dios de dónde, corrió hasta mi celda y me dijo rápido, urgente, casi en un susurro.

—¡Come, mi socio, que te me vas a partir!—. Y desapareció con la misma rapidez con que había surgido.

Destrás de su rostro endurecido y de su aspecto de criminal profesional ví a un hombre con la experiencia y la sensibilidad de comprender que una palabra suya, a riesgo de ser castigado, me ayudaría a tomar conciencia de la realidad, a soportar con más fuerzas sicológicas y físicas mi cautiverio. Nunca más volví a ver al amigo anónimo.

Cuando esa noche el preso repartidor de comida se acercó a mi celda, le tendí la lata. Con el pedazo de pan hice una cuchara y con ella comí aquel "risotto" tan especial. Creo que desde entonces me convertí en el cliente menos exigente que un restaurant pueda soñar.

A la mañana siguiente, Musulungo se paseaba por su cárcel. Se le veía contento. Había conseguido deshacerse de los presos del fin de semana y el día se le presentaba tranquilo. Me vió y se me acercó. Observó la colchoneta en el rincón en que la había colocado para evitar que el sol poderoso del amanecer me despertase antes de tiempo.

—¿Y qué?—dijo. ¿Dormiste mejor?

—Sí. Mucho mejor.

Me esperaba un sablazo—su oferta de comprarme el periódico o cigarrillos. Pero no era dinero lo que buscaba. A Musulungo le preocupaba otra cosa.

—¿De qué te acusan?

—No sé. De nada en particular.

—¿Cómo que de nada? En esta revolución nadie va a la cárcel por nada... ¿Por qué te cogieron?

—Por acostarme con una americana.

—¿Qué?

—Nor-tea-me-ri-ca-na—repetí, aunque era inútil explicar una situación sin lógica. Vino con una delegación de estudiantes.

—¿Y tú estudias?

—No, trabajo.

Musulungo arrugó la frente, confuso.

—¿Dónde trabajas?

—En el Instituto del Cine... El lunes tendría que haber comenzado a hacer una película.

Musulungo no sabía que pensar ni qué decir. Mi caso iba más allá de sus posibilidades de comprensión.

—¡Con tal de que vengan pronto y te saquen de aquí!

Aproveché la ocasión.

—¿Quiénes me metieron?

Musulungo se me quedó mirando y luego dió media vuelta y se alejó en medio de los gritos de las prostitutas vecinas, a las que no hizo el menor caso.

Miré mi celda. Desde el primer momento había comprendido que aquel espacio enorme podía serme útil. El primer día caminé 50 veces de pared a pared, posiblemente el equivalente de un kilómetro. Hice igualmente otro tipo de ejercicios, pero caminar—aumentando cada día la distancia—me relajaba y me permitía dormir mejor. No me había quedado otro remedio que olvidarme del ejercicio y del sol en el patio.

Caminaba de pared a pared unos minutos más tarde cuando la puerta de la celda se abrió y Musulungo hizo entrar a un chico negro y delgado, que no aparentaba más de quince años. El muchacho vestía ropas modestas y muy gastadas y sudaba copiosamente, de puro nerviosismo. Sus manos eran grandes y encallecidas por el machete. A pesar de su aspecto de campesino rudo, se veía que no era más que un niño.

—Otro incomunicado—dijo Musulungo, cerrando de nuevo la puerta de barrotes gruesos—. Y como no hay celdas vacías, ¡aquí los dos!.

Musulungo desapareció y el recién llegado y yo nos miramos sin saber qué decir. El muchacho se alejó y se sentó en un rincón, al otro lado de la celda. Seguí haciendo mis ejercicios, caminando de un lado al otro sin saber el papel fundamental que aquel niño de quince años iba a jugar en mi vida.

9

Kelly me miró y me ofreció una sonrisa triste: "Cuando llegamos a Trinidad era tan tarde y estaba tan cansada que no acerté más que a tirarme en la cama a dormir".

Kelly intentó hablar con Roberto al día siguiente—pero el responsable de la delegación había desparecido. Sus subalternos dieron largas a la muchacha: "Llegará de un momento a otro, dijeron".

"Tuve que esperar tres días... tres días viendo granjas modelo y carretones de caña y toros sementales para comenzar la raza que acabaría con el racionamiento de carne. 'Y en sólo cinco años', repetían una y otra vez los guías del ICAP".

—Menos mal que Trinidad era bonito—dijo Kelly—. ¿Existe el racionamiento todavía?

Trinidad es un pueblo del sur de Cuba, en el mar Caribe. Fundado por Diego Velázquez en 1514, el pueblo de Nuestra Señora de la Santísima Trinidad fue una avanzada de la Corona en su búsqueda de oro.

Pero en siglos posteriores, cuando el azúcar necesitó una salida por el sur de la isla, el desarrollo ocurrió en Cienfuegos, una bahía increíblemente hermosa, enorme en su interior y abierta al mar por una boca estrecha. Trinidad, a pocos kilómetros de distancia, no contaba con bahía. En Cienfuegos, en 1970, los soviéticos quisieron establecer una base de submarinos atómicos y Castro hizo construir una central nuclear—nombrando a su hijo Fidelito ingeniero-en-jefe. Trinidad quedó como una curiosidad turística.

—Mis compañeros no sabían que aquellas granjas y sementales y siembras eran tan únicas como Trinidad—dijo Kelly—. No por gusto los policías del ICAP se tomaban tanto empeño en impedirnos contacto con la población. La gente en Trinidad nos miraba como a marcianos. No pudimos hablar con nadie.

—En la zona había guerrillas—dije. Me refería a la rebelión campesina de principios de los años sesenta en las montañas del Escambray.

—No supimos de ninguna guerrilla. Era una blasfemia la sóla idea de que hubiese guerrillas contra Fidel. Hoy ni siquiera sé muy bien lo que pasó.

A diferencia de la Sierra Maestra, muchos de los campesinos del Escambray eran propietarios de pequeñas parcelas de tierra. Desde el primer momento se opusieron a la colectivización. En 1960 ya había guerrillas anticomunistas en el área.

Castro estableció un cerco militar de tres anillos concéntricos alrededor de la zona alzada en armas, al tiempo que desplazaba pueblos enteros al otro extremo de la isla. A mediados de 1964, cuando los estudiantes norteamericanos pasaron por la zona, todavía quedaban grupos de campesinos desesperados, tratando de escapar de las montañas.

—¿Qué dijo Roberto?

—Ante mi insistencia, se dejó ver al tercer día. Parecía cansado y más delgado. Su sonrisa era amable cuando se me acercó moviendo sus brazos de aquella manera tan rara.

"No sé, de verdad que no sé qué pasó, dijo. ¡Ojalá lo supiese! ¡Ni siquiera sé quién es!"

—Me pareció estúpido que me diese esa respuesta. Le repetí tu nombre y tu cargo.

"¿Y no te habrá dejado plantada?"

—¡No lo podía creer! Todos reaccionaban igual! Le dije: "No". Lo más firme que pude.

"¿Cómo puedes estar tan segura?", insistió Roberto. "No habrás estado fumando, ¿verdad?"

—Esta vez no le contesté.

"¿Ves? ¡Ni siquiera estás segura!"

"Estoy segura."

"¡Kelly, por Dios!.. Las amenazas del Departamento de Estado te deben de estar afectando... las fotos del FBI... ¡No bebas, por favor!"

—Hice un esfuerzo para no insultarle... Roberto intentaba confundirme y asustarme... pero sobre todo humillarme, para controlarme... "¡Allen Ginsberg también lo conoció!", le dije.

El bigote martiano de Roberto se estiró en una sonrisa triunfal:" Ginsberg ya está en Santiago", dijo. "En La Habana se enteraron de su importancia y le extendieron una invitación personal. ¡Lástima que no podamos preguntar! Tal vez en Santiago, ¿O.K.?"

—Y se fué sin dejarme responder.

Kelly se movió inquieta.

—Me sentí morir. Cuando más lo necesitábamos, Ginsberg recibía tratamiento especial. ¿Simple coincidencia? Nunca más volví a ver a Ginsberg, ni supe siquiera si conoció de tu caso.

Dos años más tarde, en 1966, el poeta regresó a Cuba como jurado del concurso literario de la Casa de las Américas. A los pocos días, miembros del Instituto Cubano de Amistad con los Pueblos, es decir, de Seguridad del Estado, le dieron un par de horas para empacar, antes de expulsarle de Cuba, Vía Praga, por las supuestas relaciones homosexuales del poeta con un joven escritor cubano. Pero en realidad lo que más escandalizó a las autoridades fue su comentario erótico sobre el Ché: "Tiene un buen culo", dijo. "Me gustaría acostarme con él".

Kelly se levantó del banco en que estábamos sentados y miró al cielo azul de Berkeley. La tarde era hermosa y tibia y caminamos en silencio por el sendero que bajaba por el parque hasta el portón en hierro de la Universidad. En la calle era intensa la actividad de los vendedores ambulantes y la acera estaba cubierta de mantas sobre las que exhibían todo tipo de productos naturales y de artesanía. Los estudiantes observaban las mercancías con aire de conocedores rigurosos y regateaban los precios con artes propias de mercados orientales. Alta sofisticación californiana. Un T-shirt leía: "Free pot for children & cops". Marihuana gratis para niños y policías.

Caminé unos pasos, puse una moneda en una máquina vendedora de periódicos y saqué un ejemplar del San Francisco Examiner.

No había noticias de los asaltantes del Hibernia Bank. A la policía le resultaba prácticamente imposible conseguir información sobre el llamado Ejército Simbionese de Liberación. La familia Hearst mantenía un silencio discreto, esperando tal vez un milagro. Su intento de comprar la libertad de Patty con un millón de dólares en comida para los pobres de la zona había terminado en un motín popular. Sin embargo, los titulares de aquel día se olvidaban de Patty Hearst para ocuparse de otros temas. Evel Knievel había fracasado en su intento de saltar el Snake River Canyon, en Colorado. Mikhail Baryshnikov había pedido asilo en Toronto. El embargo de petróleo decretado por los países árabes amenazaba con extenderse hasta el verano, provocando colas en las gasolineras del país. Y en la saga semanal del escándalo Watergate, los congresistas Republicanos declaraban, después de escuchar las cintas grabadas por el Presidente: "A Nixon más le vale renunciar".

—¡Ya era hora!—dijo Kelly antes de entrar en su automóvil—. ¡Recuérdame llenar el tanque!

Cuando regresamos a la hermosa casona bajo el sol, Kelly se detuvo en la puerta. Dijo una palabrota y corrió escaleras arriba, subiendo de dos en dos los escalones.

—¡Bob!—gritó, llamando al presidente de la comuna—. ¡Bob!...

Entré en la casa y miré a lo alto de la escalera. Un enorme cartel con la foto de Patty Hearst cubría la pared del descanso en el primer piso. La muchacha aparecía con boina tejida en lana de dos colores, una camisa de mezclilla, pantalones en denim azul, y un anillo de compromiso en su mano izquierda. Alrededor de su cuello se veía la correa de la carabina automática de cañón recortado y mirilla telescópica que empuñaba decidida —la misma probablemente con que había colaborado en el asalto al Banco Hibernia. A su espalda se podía ver, enorme, el dibujo de una cobra de siete cabezas, símbolo del grupo revolucionario. Un letrero alrededor de la foto leía: We love you Tania.

—Estamos en Norteamérica—gritaba Bob cuando llegué al primer piso—. Vivimos en democracia.

—Que lo pongan en su cuarto—contestó Kelly—. Allí son libres de hacer lo que quieran. Pero la escalera es un espacio común y nadie tiene derecho a imponerme una moda.

—No es una moda—gritó Bob.

—¡En su cuarto si quieren!—repitió la muchacha—. Y convoca a una reunión. ¡Ya es hora que discutamos lo que está pasando en esta comuna!

Kelly fue a su habitación y se encerró, dando un portazo. Preferí dejarla sola. Fui hasta el patio posterior de la casa y salí al jardín. Aquella huerta de hortalizas necesitaba agua. Coloqué una manguera en el grifo y comencé a regar las plantas, mientras recordaba el día en que aquel adolescente campesino, casi un niño, había tomado en el Vivac de Cárdenas las riendas de mi caso.

10

Cuando terminé mis ejercicios me lavé como pude con el agua del grifo, al fondo de la celda. La mancha de moho se extendía en semi-círculo alrededor del tragante. La humedad del verano en el trópico hacía pegajoso el sudor. Llevaba cinco días sin ducharme, durmiendo con la ropa puesta y nunca mi cuerpo había olido tan mal. Por suerte refrescaba al atardecer en aquel espacio de puntal alto. Me senté en mi colchoneta y miré al muchacho que Musulungo había metido en mi celda.

—¿Cómo te llamas?—pregunté.

El muchacho me miró. Mis ropas y mis zapatos urbanos contrastaban con los suyos. Recogió las piernas y escondió los botines gastados bajo la áspera tela de saco de azúcar con que habían confeccionado su pantalón.

Le dí mi nombre, tratando de romper el hielo. Y dije:

—Me tienen incomunicado.

—A mí también—respondió. Habíamos encontrado un punto en común—. Me llamo Mario.

—Estaba aburriéndome de estar tan sólo—dije, tratando de aparentar un estado de ánimo que muy lejos estaba de sentir—. Bienvenido. Llevo cinco días...

—¿Cinco días? ¡Si aquí a uno le sacan después de dos!

No supe qué contestar.

—¿De qué te acusan?—preguntó.

La idea de contar mi historia de nuevo no me hacía la menor gracia, pero necesitaba hablar, después de cinco días de silencio. Cuando terminé, el muchacho tardó segundos en reaccionar.

—Me parece raro.

Me encogí de hombros.

—A mí también—. Quise cambiar de tema—. ¿Y a tí de qué te acusan?

—De robarme una contadora.

Hice silencio. Pensé que era mejor no averiguar los permenores de su caso. Fue Mario quién volvió a la carga.

—Mira, mi socio... O estás metido en un lío gordo, o están haciendo algo muy raro contigo...

Me quedé atónito. No fue el contenido de sus palabras lo que me sorprendió, sino la evidencia de que aquel adolescente campesino, casi un niño, había visto mi situación con instantánea lucidez de adulto.

—¿De dónde eres tú?—preguntó.

—De La Habana.

—Tienes que enviar un recado... Tu familia tiene que saber dónde tú estás... Enseguida... Porque si no...—. Mario hizo un gesto de mal augurio.

Me le quedé mirando. ¿Un recado? ¿No me estaría tomando el pelo? ¿Cómo enviar un mensaje a La Habana desde una celda de incomunicados en el Vivac de Cárdenas?

El muchacho comprendió lo que pensaba.

—Llama a Musulungo—dijo—. Pídele un libro y un lápiz. Dile que es para estudiar. A tí te lo va a dar.

Sin pensarlo fuí hasta la reja y llamé a Musulungo a todo lo que dieron mis pulmones:

—¡¡¡Musulungo!!!

Las prostitutas encontraron mi grito tan inesperado que se pusieron a chillar, haciéndome eco: "Musulungo, Musulungo..."

—¡Musulungo!—grité de nuevo.

Musulungo se acercó. Venía en actitud defensiva, sorprendido de mis gritos. Las prostitutas empezaron a aplaudir y a gritar: "¡Viva!"

—¿Qué pasa?—dijo Musulungo, al borde del enfado.

—Un libro, Musulungo, tráeme un libro por favor. Dá lo mismo lo que cueste... Y un lápiz.

Musulungo me miró, sin entender.

—Necesito estudiar—dije, y saqué un billete del bolsillo. Miré al muchacho, fingiendo molestia por su presencia—. Necesito concentrarme en algo.

Musulungo miraba el billete que le mostraba por entre los barrotes. ¡Cinco pesos! Luego miró a Mario con aire severo, reprobador.

—¿Un libro y un lápiz?—repitió—. ¿Cualquier libro?

—Si. Cualquiera.

—Yo tengo un libro—dijo, casi sorprendido de su descubrimiento—. Y también te puedo prestar un lápiz.

Musulungo dió media vuelta y se alejó hacia su oficina.

Mario me hizo un guiño cómplice, contento de que su plan estuviese dando resultado.

Musulungo volvió al rato con un mocho de lápiz apenas con punta y un libro grueso. Me los dió. En la portada se leía "Sandino, general de hombres libres. Primera parte".

—Gracias—dije. Y le tendí el billete de cinco pesos.

—No es necesario. El libro es mío. En cuanto termines te presto la continuación.

Musulungo sonrió una radiante sonrisa de dientes blancos y se alejó contento de haberme demostrado a mí, a Mario y a las prostitutas que él también tenía educación... y principios.

Mario arrancó la hoja en blanco que enmarcaba el texto y me la tendió con el lápiz.

—Escribe una carta. ¡Diles que estás aquí!

Mario había menciondo a mi familia, pero también comprendió lo difícil de mi situación. Solamente una persona con poder militar, policial o muy alto poder político podría llegar hasta mí. Y con Alfredo Guevara viajando por Europa, nadie había quedado en el Instituto del Cine con la necesaria influencia. Fue entonces que pensé en Aguilar, por su amistad con el Ché. Aunque remota, sólo Aguilar tenía la posibilidad de visitarme. Cuando hube teminado, Mario me arrebató el texto de la mano.

—Dáme—dijo, y lo agarró con los dientes y comenzó a desnudarse.

Me quedé perplejo. Mario hizo una bola con el papel, y lo metió en un calcetín—el cual metió a su vez dentro del otro. Luego introdujo el todo en un bolsillo del pantalón e hizo una bola que envolvió con su camisa.

—Ya está—dijo. Mario me miró con expresión de prematura sabiduría. Se había quedado en calzoncillos.

—¿Tienes hora?

Musulungo no solamente me había permitido conservar mi dinero y mis ropas, sino también mi reloj. A pesar del mal olor, mis ropas me permitían conservar mi identidad. Mis largas caminatas de pared a pared mantenían mi forma física. Y la noción del tiempo—mi reloj, y el sol que cada mañana entraba radiante por entre los barrotes—me ayudaba a conservar mi integridad mental.

—Son las cinco—dije.

—¿En punto?

—Las cinco en punto de la tarde—repetí, divertido con tanta precisión lorquiana.

—Correcto, compañero. Vamos a llamar a un guardia.

Y sin más se fué a la reja y dió un alarido tan fuerte que enseguida tuvimos un guardia ante la celda.

—¡Haga el favor, por favor!—dijo para mi desconcierto y el desconcierto aún mayor del guardia, que se veía ofrecer un bulto de ropa sucia por entre los barrotes, de manos de un recluso en calzoncillos—. Mi madre lo está esperando... No a usted, al bulto... Viene a las cinco a traerme ropa limpia, ya que aquí no le dejan darse a uno ni una ducha siquiera.

Me quedé de una pieza. "Cojones que tiene el niño", me dije.

—¿Cómo se llama su madre... su mamá, quiero decir?—preguntó el guardia, totalmente desarmado.

—Matilde... Matilde Iñigo.

El guardia se alejó con el bulto de ropa entre sus brazos, descompuesto por el olor, totalmente desconcertado por la situación. Con aquella experiencia confirmé que en momentos de crisis el ataque es siempre la mejor defensa.

—Ahora a rezar—dijo Mario.

Por un instante estuve a punto de tomarle al pie de la letra.

—No creo que el guardia abra el bulto. No encontrarán la nota. Por lo que sí hay que rezar es porque mi madre la encuentre antes de lavar la ropa.

Y como si nada, como si lo que ocurría no fuese más que rutina en su corta vida de adolescente campesino, Mario pintó un tablero en el suelo con el mocho de lápiz, y cortó redondeles de la otra hoja blanca, la posterior, que le quedaba al libro.

—Vamos a jugar a las damas—dijo.

El juego no duró mucho. Mario vió a Musulungo acercarse por el patio y de un salto se alejó de mí, haciendo desaparecer el improvisado "tablero".

Por entre los barrotes, Musulungo le pasó un bulto de ropa limpia.

—¡A vestirse!—le ordenó.

Mientras se vestía, Mario hizo un gesto de enfado.

—Va a ser muy aburrido—dijo—. Cuando te encierran incomunicado tienes que matar dos días antes de que te enteres de lo que van a hacer contigo. ¡Es una mierda! Ni siquiera te dejan jugar a las damas.

Mario olvidaba lo diferente que eran nuestros casos. A pesar de la inesperada madurez de sus quince años, Mario recaía en su personalidad de niño. Gracias a él, sin embargo—si su madre no lavaba mi nota—la esperanza comenzaba a aparecer al final de lo arbitrario.

Al día siguiente, Musulungo vino temprano a buscarle. Se lo llevaban a juicio. Habían pasado sus cuarenta y ocho horas y se le aplicaba el hábeas corpus. También tendría un abogado defensor, pagado por el Estado.

—Suerte, mi hermano—dijo.

A Musulungo le sorprendió la familiaridad de la despedida. Pero nunca supo su sentido secreto.

Le dí las gracias a Mario, sin excederme, para no aumentar el recelo de Musulungo. El muchacho partió. Yo sabía que no podía ni leer ni escribir. Pero aquel chico negro de quince años, atlético y delgado, me había dado una de las lecciones más importantes de mi vida.

11

El viernes pasó en la lenta rutina que me había creado. Hice las largas caminatas de pared a pared, leí el libro sobre Sandino, cumplí con la diaria obligación de ingerir aquello que llamaban comida y logré asearme en el grifo, combatiendo el calor y el mal olor. Era una lucha diaria conseguir que por el tragante desaparecieran mis excrementos. Llevaba cinco días sin salir de aquel espacio. Ya tenía barba de siete.

Y en el patio, los presos caminaban al sol, y las prostitutas recién llegadas discutían a voces, mientras Musulungo se paseaba por aquel mundo, su mundo, vigilando discretamente. Esa tarde se me acercó. Yo era el único que le quedaba del fin de semana anterior.

—Chico, a la verdad... Me importa un pito... Pero, ¿cuál fue la causa por la que me dijiste que te habían cogido?

Le volví a contar. Y siguió sin entender, pensando probablemente que mentía. Pero le seguía preocupando mi presencia en su cárcel. A Musulungo le quedaban reflejos que correspondían a leyes republicanas todavía no abolidas ni por la dictadura de Batista ni por la de Castro. Para el jefe del Vivac era un delito tenerme prisionero tanto tiempo. Sin juicio. Incomunicado.

—Si necesitas algo, avisa—dijo, y no supe si esta vez lo dijo por mala conciencia o, como de costumbre, para mejorar su economía. A punto de desaparecer detrás de una columna, se volvió y agregó:

—A Mario le dejaron suelto. Era inocente.

El sábado pasó tan lentamente como el viernes, hasta que de pronto cerca de las nueve de la noche, Musulungo llegó corriendo a mi celda —excitado, aliviado, casi contento.

—Aguilar... Ahí está Aguilar... dice que quiere verte.

No lo podía creer. La idea de Mario había funcionado. Y su madre sólo había encontrado mi nota y la había mandado como telegrama a

La Habana, sino que también, como me contaría Aguilar más tarde, se había gastado lo que para ella era seguramente una fortuna; enviando a su hija en ómnibus, a dar el mensaje personalmente. "Por si la policía paraba el telegrama", explicó la muchacha a mi ayudante de dirección.

Sin darme muy bien cuenta de lo que decía, le contesté a Musulungo:

—Dile que pase.

—¡Es que no puedo! ¡Estás incomunicado!

—Entonces... ¿cómo quieres que hable con Aguilar?

Musulungo pareció desesperarse. Sus ganas de salir de mí y la obligación de cumplir con las reglas de su prisión eran una contradicción en su rostro. Miró a un lado y a otro.

—Te serviré de enlace—dijo, muy técnico.

—Bueno, dile eso... Que estoy incomunicado, que no me dejas verle... que el ICAP me cogió preso por acostarme con una americana.

Musulungo salió corriendo hacia la entrada del Vivac. Al rato regresó sudando.

—Dice Aguilar que no entiende... que ¿cómo es eso que el ICAIC te cogió preso?

Aquello comenzaba a tomar proporciones grotescas.

—Que no... Que yo soy del ICAIC... El Instituto del Cine... Los que me cogieron preso son los del ICAP... el Instituto de Amistad con los Pueblos.

Musulungo corrió de nuevo hacia la entrada. Eran casi las diez y a esa hora tenía que cerrar el Vivac. Antes de expulsarle, Musulungo estaba decidido a que Aguilar se enterase de mi situación, que consiguiese mi traslado, o que me llevasen a juicio, cualquier cosa: ¡con tal de que me sacasen de allí!

Estaba lívido cuando regresó.

—Dice Aguilar que todavía no entiende... que ¿cómo el ICAIC...?

—Dame tu lápiz y un papel... Le escribiré una nota.

Musulungo me miró con horror.

—¡Es que no está permitido!

—Musulungo... ¡Que son las diez! ¿O es que no quieres que Aguilar resuelva mi caso?

Me había jugado el todo por el todo. Musulungo me entregó su libreta de bolsillo y su mocho de lápiz. Al cabo de unos minutos, después de entregarle mi nota a Aguilar, regresó triunfante.

—Dice Aguilar que ahora ya entiende... ¡Que se va a ocupar!

La mayor parte de aquella noche Aguilar se la pasó recorriendo dependencias de policía, tanto en Varadero como en Cárdenas. En Varadero, el capitán pretendió no saber quién yo era. Aguilar le señaló mi automóvil, todavía parqueado ante la entrada de su estación. De manera brusca, el capitán rechazó todo comentario.

En el Hotel Internacional, mi ayudante se encontró con Alberto Alonso, cuñado de Alicia. El coreógrafo sabía muy bien que el sábado anterior le había presentado a Kelly, a la salida del cabaret. El también negó haberme visto y enseguida desapareció.

En Cárdenas ni la Policía Municipal, ni la Nacional, ni tampoco la Judicial tenían conocimientos del caso. No lo tenían los miembros de la dependencia local de Seguridad del Estado, quienes descubrieron aquella noche, de boca de un extranjero, que un cubano director de cine llevaba una semana incomunicado en el Vivac de su jurisdicción por el curioso "delito" de acostarse con una americana.

A las dos de la mañana, Musulungo volvió a mi celda. No me había podido dormir.

—Aguilar acaba de pasar de nuevo… Regresa a La Habana… dice que no podrá hacer nada hasta el lunes, pero que no te preocupes.

Aquello no me tranquilizó. Aguilar era un amigo, una persona seria, y su contacto con el Ché le daba la posibilidad de intervenir a una altura inaccesible a otros. ¿Pero no quedaría él también atrapado en la madeja burocrática? Esa noche dormí peor que en toda la semana. Hasta que Musulungo me despertó a las seis de la mañana.

—Vamos—dijo, y abrió la celda.

Su tono era de nuevo seco, severo: el tono de un carcelero en funciones. Por un instante pensé que Aguilar había conseguido mi puesta en libertad. Pero no. No podía ser. No había tenido el tiempo material para hacerlo. Mis temores peores se concretaron cuando ví al enorme policía en uniforme que me esparaba junto a la mesa del jefe del Vivac, con la metralleta empuñada.

Sin mirarme siquiera, Musulungo me hizo firmar un recibo y me entregó mis pertenencias. Era evidente que alguien le había reñido o le había impuesto un castigo administrativo. O ambas cosas. No había dado parte de mi caso a la oficina local de Seguridad. Pero más que miedo, en su rostro se leía el enfado. Con gesto rápido tendió al policía la carta que una semana antes le había enviado el capitán de Varadero. Entonces me dejó partir, sin pronunciar palabra.

Al salir al patio posterior de la fortaleza comprendí que esta vez no tendría que pagar mi propio pasaje en autobús. Un enorme Mercury de la policía me esperaba con el motor en marcha. Las autoridades superiores tomaban cartas en mi asunto. Seguridad del Estado—no la rama semioficial e itinerante del ICAP, sino la estructura central—se ocupaba ahora de mi caso.

¡Me llevan a interrogar!, me dije, ya comenzando a perder el control. ¡Kelly me traicionó! ¡Tiene que haber hablado!

12

El Mercury salió de Cárdenas y penetró en la autopista de Matanzas. Apenas había tráfico. La carretera principal corría en el centro de la isla, de oeste a este, mucho más al sur, y esta nueva autopista había sido construida por gobiernos anteriores para mejorar la infraestructura turística y conseguir liberar a Cuba de la opresión de ese dictador de siglos: el precio del azúcar.

Desde el triunfo de la Revolución el turismo había desaparecido y por la autopista transitaban ahora muy pocos vehículos. El coche-patrulla alcanzó pronto su velocidad máxima.

A mi derecha viajaba el policía, su metralleta reposando distraídamente sobre sus muslos: apuntándome. Recuerdo que más allá del arma, por la ventanilla, se veía la costa abrupta, hermosa bajo el cielo azul, y aún más allá el Estrecho de la Florida bajo el sol poderoso del verano en el Caribe: su azul profundo cortado en dos por la serpiente turquesa de la Corriente del Golfo. En media hora estábamos en Matanzas, la capital de la provincia.

El chofer bordeó la ciudad y se adentró en el antiguo barrio de la burguesía adinerada. Era una zona de chalets de lujo, abandonados por sus dueños cuando la Revolución les nacionalizó los negocios. Ahora los chalets eran utilizados por personalidades del régimen, que se los repartían de acuerdo a su status dentro de la Nueva Clase. Sólo los que gozaban de mayor influencia conseguían vivir en lo que antes había sido el feudo de los ricos. Sectores del barrio habían sido destinados al alojamiento de asesores soviéticos o de la Europa del Este y el resto de los chalets eran utilizados como escuelas de becados para niños campesinos que estudiaban marxismo.

El Mercury dobló a la derecha y nos encontramos de súbito ante lo que me pareció el más grande y más hermoso de los chalets de la zona.

Algo, sin embargo, desentonaba en su arquitectura. La enorme verja de hierro, que nos cerraba el paso, y el espeso, alto muro de cemento gris que rodeaba la casa, nada tenían que ver con el diseño original.

La verja se abrió lentamente, accionada por un motor eléctrico. Todavía quedaban vestigios de un bosquecillo privado que era ahora un espacio cubierto de alquitrán y de cemento. Trás la tala de los árboles centenarios, al jardín de la mansión lo habían convertido en aparcamiento de automóviles anónimos. Un viejo surtidor de gasolina presidía el conjunto, majestuoso en su decrepitud.

Fue entonces que ví lo mejor: debajo de la escalinata que conducía al palacete una rampa de hormigón bajaba a un bunker de cemento construido debajo de la casa.

El automóvil descendió la rampa y se detuvo. El policía me hizo salir del vehículo y me presentó al oficial de guardia, que no aparentaba más de 20 años. Perfectamente afeitado y con el pelo muy corto, el joven militar vestía un uniforme impecable. El policía le tendió la carta del capitán de Varadero que Musulungo le hacía llegar.

Mientras el oficial leía, el policía miraba mis zapatos. Se trataba de un par de zapatos que Aguilar había tenido la amabilidad de traerme de Buenos Aires.

—Debe ser uno más...—dijo el policía—. El grupo que desembarcó el otro día.

De golpe se me hizo obvio que un par de zapatos argentinos, cinco años más tarde de la victoria del Castrismo, eran un objeto inusitado, un atributo de clase, una prenda tan desaparecida del panorama cotidiano del cubano medio que para aquel policía de Cárdenas resultaban un indicio de mi condición de "agente enemigo", seguramente reclutado por la CIA e infiltrado clandestinamente en la isla. Dudo que los agentes de la CIA sean tan tontos como para desembarcar por las costas cubanas calzados con mocasines argentinos—aunque pensándolo bien, tampoco me sorprendería.

El joven oficial no le hizo el menor caso. Terminó de leer la carta y con un gesto despidió al policía.

—¿De qué te acusan?—dijo, después que el coche-patrulla había desaparecido.

Era la eterna pregunta. Le correspondí con la eterna respuesta.

—Eso dice aquí—dijo, y señaló la carta—. Si no es más que eso, no tienes de qué preocuparte.

No contesté. Su tono había sido tranquilo y suave, demostrando un adiestramiento esmerado en el arte de la sicología represiva. En la segunda semana de mi arresto me encontraba a las puertas de un bunker militar en la zona más exclusiva de la capital de la provincia. Mi promoción era evidente. Mi caso ganaba en importancia. Pero en Cuba el error había sido abolido por decreto. La Revolución era infalible. ¡No tenía de qué preocuparme!

—Dame tus cosas. Todo tu dinero... Hasta el menudo—dijo—. El reloj también. Todo lo que tengas.

Le obedecí. El oficial fue colocando mis cosas en el interior de un sobre grande, al tiempo que establecía sobre un papel una lista meticulosa de los objetos. Contó los billetes y las monedas y anotó el importe. Anotó incluso la marca de mi reloj. Cerró el sobre cuidadosamente y con una presilladora lo fijó a la lista que me hizo confirmar y firmar. El membrete del papel decía: *Ministerio del Interior. Departamento de Seguridad del Estado. Provincia de Matanzas.*

—Ahora entra en esa habitación y quítate la ropa. La interior también. Y los zapatos—dijo.

Cuando me quité la ropa sentí esa sensación de indefensión que se experimenta en el salón de reconocimiento de un médico. También me quité los mocasines argentinos. El joven me tendió un uniforme de mezclilla azul con una enorme P impresa en la espalda. El uniforme me quedó enorme, pero no me atreví a protestar. El oficial se dió cuenta.

—No hay más que ese—. Su tono seguía siendo educado y suave. Hacerme sentir ridículo era una forma sutil de degradación.

El joven me tendió un par de alpargatas confeccionadas en la misma mezclilla azul. Eran de mi talla. Luego dobló mis ropas cuidadosamente y las metió en un armario metálico pintado de gris. El conjunto de armarios se integraba perfectamente con el interior del bunker.

—Ven—dijo.

Fue hasta una pared y abrió una puerta que apenas se notaba. Me hizo pasar. El mundo cambió en aquel instante.

Ante mí se presentaba un laberinto de pasillos sin ventanas, iluminados únicamente por débiles bombillos de 25 watts. Todo estaba pintado de gris: las rejas de las celdas, los estrechos camastros metálicos, el gris omnipresente del hormigón en el techo, del cemento en el suelo y en las paredes.

Pasamos ante una celda ocupada por tres presos hacinados en un espacio no mayor de 8 pies de largo, 12 de alto y 4 de ancho. Deduje que eran miembros del grupo anti-castrista en el que me incluyó el policía por la mera calidad de mis zapatos.

En la celda no había sillas, ni mesas, ni lavabo. Solamente un orinal de hospital, fabricado en un metal grisáseo para combinar mejor con el conjunto. Primero los presos me observaron en silencio. Luego comenzaron los gritos.

Comenzaron en aquella celda y luego se sumaron gritos que venían de otras celdas, invisibles desde el corredor por el que avanzábamos. Las obscenidades contra el oficial se convirtieron en ataques contra el comunismo y la honestidad de Fidel Castro. Yo estaba perplejo. Nunca había oido expresar con tanta agresividad la frustración de hombres que habían luchado por la Revolución y que presos, todavía se seguían llamando revolucionarios. Allí me dí cuenta que las prisiones eran el único lugar de Cuba donde la gente gritaba sus opiniones sin miedo, no teniendo nada más que perder.

El oficial continuó caminando sin inmutarse. Se oyeron gritos en celdas aún más lejanas, y por un momento el silencio del bunker se convirtió en algarabía general, desesperada. El oficial abrió una celda vacía, alejada convenientemente del resto. Era obvio que me quería lejos del "grupo" y que mi caso seguía siendo diferente. Sólo que ahora me encontraba más incomunicado que nunca.

—Te traerán tres comidas—dijo, antes de cerrar la reja a mis espaldas—. Ahí tienes el orinal para hacer tus necesidades. Y podrás bañarte cada día, cuando los otros hayan terminado.

—¿Puedo leer?—pregunté.

El oficial sonrió: era tan joven, tan atento, y con el pelo tan corto, tan presentable: el hijo con que toda madre sueña.

—Esta es una cárcel, no una biblioteca—dijo, y desapareció. Regresó el silencio.

Ese lunes Aguilar acudió al ICAIC a dar parte de mi situación. En la madrugada del sábado, durante el viaje de regreso a La Habana, Aguilar había pensado llevarle el caso a su amigo el Ché, tal como yo esperaba.

"Sería lo mejor y más rápido", se dijo, mientras recorría los últimos kilómetros de la autopista que le traía a la ciudad por el túnel de la bahía. "Pero no... es mejor que no moleste a Ernesto... Tiene demasiado trabajo..."

En un tono que demostró su resentimiento por la interferencia del argentino Aguilar, Arita le informó que Alfredo no regresaría de Europa antes del fin de semana.

Aguilar sabía que en el ICAIC sólo Alfredo Guevara tenía el peso político para llegar hasta los policías del ICAP—y hasta la jefatura de Seguridad del Estado si fuese necesario. "¿No será mejor molestar al Ché, después de todo?" Arita le sintió dudar.

—El caso es delicado—le dijo, menos fría—. Y es mejor que sea Alfredo quien se ocupe. ¿Qué es una semana más o menos?

Durante otro instante Aguilar continuó dudando. De nuevo pareció como si Arita le hubiese leído el pensamiento.

—Será mejor que no llames al Ministro—dijo con una sonrisa que pretendió ser cómplice—. ¡Ya sabes como es Alfredo de celoso!

Aguilar terminó reaccionando con la disciplina del comunista ortodoxo.

—No hablaré con el Ché sin la autorización de Alfredo.

—Muy bien—dijo Arita, y su sonrisa se hizo más amplia—. La filmación se suspende hasta nuevo aviso.

Aguilar cumplió las órdenes, pero tuvo la amabilidad de llamar a mi madre.

"Después de todo", le dijo. ¿Qué es una semana más o menos?

Mi madre paralizó sus gestiones.

—Una semana no es demasiado—le explicó mi madre a mi padre—. Aguilar es muy amigo del Ché. Es bueno saber que se está ocupando del caso.

Desde mi exigua celda en Matanzas no podía imaginar las luchas que mi caso acarrearía al más alto nivel de la burocracia política. Pasarían tres semanas antes que volviese a ver al joven y pulcro oficial de Seguridad del Estado. Tres semanas antes que volviera a ver el sol, al borde de la locura.

13

Desde la fortaleza de El Morro, en Santiago de Cuba, Kelly observó la bahía en la que el Almirante Cervera rindió sus naves —y la isla—, en 1898, ante la presencia poderosa de la Armada americana. Al sur se extendía el mar Caribe, brillando caliente en la luz de la tarde.

Kelly miró al oeste, al otro lado de la bahía, donde se alzaba la Sierra Maestra. Cuba había sido la primera y última posesión española en América. Fidel había convertido la isla en la primera base soviética en el hemisferio, pero Kelly consideraba a Castro un líder nacionalista que quería una vida mejor para su pueblo: un pueblo que durante medio siglo había sufrido la corrupción de sus gobernantes y la actitud imperialista de su propio país.

Al fondo de la bahía Santiago reposaba quieta y hermosa, refrescando la siesta en sus patios coloniales de columnas y baldosas. La ciudad ahorraba sus energías para el Carnaval inminente. A Kelly le habían dicho que en Santiago el Carnaval se convertía en una semana lúdica de desgaste total.

La fiesta culminaría con una enorme concentración popular para celebrar el once aniversario del asalto al cuartel Moncada, en aquella misma ciudad, el 26 de julio de 1953.

No por casualidad el aniversario del asalto coincidía con el Carnaval de Santiago. Fidel escogió la fecha confiando que en la muchedumbre su grupo de asaltantes pasaría desapercibido. La mayoría de los soldados estaban con pase y los oficiales de Batista no se esperaban un ataque tan directo.

"La operación no fue un éxito", dijo un "guía" del ICAP, al tiempo que paseaba a los estudiantes por el cuartel Moncada, ahora convertido en museo. "Cincuenta y tres asaltantes murieron en la intentona, pero Fidel consiguió escapar a las montañas cercanas, salvando la vida gracias a su heroísmo. El teniente que le capturó no se atrevió a matarle—como eran sus órdenes—y decidió tomarle preso. A partir de aquel instante la vida de nuestro querido Comandante en Jefe fue garantizada por la firme decisión de nuestro pueblo de luchar hasta vencer. ¡El 26 de julio había entrado en la historia!"

El guía puso más énfasis en el mito de Fidel que en la decencia de un teniente batistiano o en la protección de la Iglesia Católica, cuyo arzobispo en Santiago le garantizó la vida. Kelly se sentía profundamente frustrada por la negativa de Roberto a investigar mi caso, y si en los primeros días sus reflexiones habían sido confusas, sus sentimientos se habían transformado en una actitud de desconfianza hacia el ICAP—y de espera. "Ya aparecerá la ocasión de pedirles cuentas", se dijo. Por el momento decidió no hablar, recorrer en silencio aquel país que le habían vendido como un paraíso y cuyo régimen se contradecía por el mutismo de sus funcionarios ante mi desaparición.

Esa noche Kelly fué al Carnaval. Carol y John conocían su estado de ánimo y hacían lo posible por distraerla y evitarle encontronazos innecesarios con los cubanos. Kelly cambió dólares en la administración del motel y en un descuido de los guías se metieron en un viejo automóvil que John había visto hacer funciones de taxi.

Durante el trayecto, John encendió un joint. Dió una chupada profunda y se lo pasó a Kelly. La muchacha rechazó fumar.

—No… Prefiero no dar pie a que me ataquen y me desautoricen.

En cuanto entraron en la ciudad el taxi no pudo avanzar más.

—Dicen que son cien mil los campesinos que han traído—dijo el chofer—. No se puede pasar. Más les vale caminar.

Kelly pagó con sus pesos cubanos.

—Es por ahí—dijo el taxista.

Kelly miró la avenida que se extendía ante ellos. Su primera reacción fue de temor. Nunca había visto tanta gente junta, ni siquiera en los días de protesta en Berkeley. La avenida era un río de cabezas que descendía, salpicado de árboles, hasta el infinito. Cientos de banderolas rojas la adornaban, colgando de balcón a balcón. La muchacha se volvió a Carol y dijo:

—Vamos.

La gente les observó a medida que se iban adentrando en aquella calle en fiesta. Pero nadie les habló. En sus rostros se leía la sorpresa de ver a extranjeros mezclarse con cubanos sin una escolta oficial.

Un americano se les acercó. Era bajo y gordo y dijo que era periodista—de la CBS. Con acento gutural les informó que en Santiago había por lo menos 30 periodistas venidos de Estados Unidos. Fidel quería convertir aquel 26 de julio en un evento publicitario. El hombre dijo que eran cien mil, efectivamente, los campesinos que el gobierno había hecho bajar de la Sierra Maestra. Los campesinos de esa zona habían sido los más explotados del país, y Fidel les traía a las fiestas para mostrar que le apoyaban y así establecer un contraste con la resistencia a la colectivización en otras zonas campesinas. Los 100.000 campesinos dormían en campamentos improvisados en las afueras de Santiago.

—Construídos por un cuerpo especial de carpinteros—dijo el periodista—. Me imagino las facturas... Y las pérdidas en la producción.

El grupo llegó junto a un estrado. En la pared colgaba un letrero que leía: "Este Comité de Defensa saluda a los compañeros de la Sierra Maestra. ¡Viva Fidel!" Había decenas de emparedados de cerdo asado sobre el mostrador. Dos barriles repletos de hielo enfriaban cientos de cervezas. Una larga cola de hombres en pantalón negro, guayabera blanca y machete al cinto se extendía hacia una calle lateral. No había mujeres. Disciplinados, callados, sin participar verdaderamente en el carnaval de los santiagueros, los campesinos esperaban pacientemente a que se les diese un sandwich y una cerveza.

—Durante esta semana comerán y beberán cerveza gratis —comentó el periodista—. Nuestra democracia es una mentira. Esto si que es verdad. Cerveza y sandwiches de lechón asado. ¡Gratis!

El periodista se alejaba cuando Kelly quiso conocer su nombre.

—Charles—dijo el hombre, y desapareció.

Kelly nunca supo si el periodista hablaba en serio. El calor era intenso, la música era múltiple y la muchedumbre les empujó hasta la cuadra siguiente.

Cada media cuadra una música nueva transformaba el ambiente. Pequeños grupos musicales tocaban entusiastas sobre tarimas construídas al borde de la acera. Nunca antes había oído Kelly tantos ritmos caribeños. Primero escuchó uno muy lento, con las parejas bailando en un cheekto-cheek de cuerpo entero; luego oyó otro más rápido, en coreografía abierta, el hombre moviendo su pareja en verónica cerrada, torero del trópico. Más lejos vió a un grupo bailando en fila de conga, más que fin principio de fiesta en aquel rincón de la cuadra. Hasta que llegaron junto a una comparsa, el cornetín chino chillando entre los tambores africanos, ritmo encantatorio, llamando, incorporando a todo bailarín que se atreviese a compartir la energía. De los norteamericanos John fue el primero que se lanzó a bailar, vaquero de medianoche. Después fue Carol, newyorkina y judía. Y finalmente Kelly, muy lejos de las danzas irlandesas.

—¿Me permite esta pieza?
Kelly se volvió, todavía bailando, y entonces se detuvo. En seco. El enorme bigote negro encubría la frialdad de una boca casi sin labios, que ahora se extendía en una sonrisa. Kelly había visto los grabados en los folletos de historia y pensó que sí, que el parecido con Martí era increíble.

La muchacha no respondió, pero tampoco dijo que no. Roberto la tomó del brazo y la condujo hacia el rincón de la calle donde sonaba un bolero. El la tomó por la cintura y ella se sintió pequeñita en los brazos de aquel hombre tan alto. Kelly no quería recordar su ira cuando me relató este diálogo.

—De nuevo me has estado buscando—dijo Roberto en voz baja, mientras la guiaba en la cadencia voluptuosa del bolero—. He estado ocupado. Lo siento.

—En Trinidad me dijiste que aquí hablaríamos con Ginsberg.

—No lo he visto. Además, debe de estar muy cansado. Ya sabes... reuniones, cocteles, entrevistas de prensa... Todos estamos cansados, ¿no es cierto?

—Debe ser agotador hacer desaparecer gente—respondió Kelly, sin desperdiciar el momento.

Roberto sonrió de nuevo.

—¡Kelly, por favor! ¡Es mejor divertirse! Es sábado por la noche... ¡Es Carnaval!

—Me estaba divirtiendo sin necesidad de un guía.

Roberto dejó escapar una risa.

—No fue correcto escapar del hotel sin informarnos.

—Tampoco es agradable tener un policía que te sigue a todas partes.

—No somos policías. Sabemos dónde están las cosas. ¡Queremos ayudar!.

Kelly sintió que el tono de Roberto se hacía seductor cuando dijo:

—Aquí hace calor, por ejemplo, y sé donde podríamos encontrar, a sólo diez minutos, una playa hermosa.

—No necesito playa. Lo que quiero es saber qué pasó con él—respondió la muchacha, levantando la voz.

Roberto se detuvo y la soltó. Varias parejas se volvieron a mirarles. Dos de los ayudantes de Roberto se dejaron ver de Kelly y de su jefe.

—Como quieras—dijo Roberto, recuperando su sonrisa cínica—. Pero no fumes ni bebas mucho... Mañana será un día largo y saldremos muy temprano del motel.

—No me has respondido—dijo Kelly.

Roberto la miró. La muchacha vió de nuevo la crueldad reflejada en los labios finos, casi cubiertos por el bigote.

—No hay respuesta, compañera—dijo Roberto. Y se marchó. Kelly le vió partir, sabiendo que a partir de aquel instante el duelo con Roberto se convertiría en guerra abierta—y peligrosa.

14

Temprano en la mañana del domingo, los cien mil campesinos de la Sierra Maestra fueron concentrados en las gradas de sol de un stadium deportivo, en las afueras de la ciudad. En las gradas de sombra fueron sentados los periodistas extranjeros y los invitados del mundo entero. A los estudiantes les sentaron entre los periodistas y los campesinos.

Kelly vió que los miembros del gobierno tomaban asiento en los palcos principales. Un hombre alto, de piel muy blanca, espejuelos negros y pelo de un rubio cenizo fué saludado con deferencia y esmero por los funcionarios. La muchacha nunca había visto un ruso en su vida. El ruso se sentó en el palco principal, junto al séquito que le acompañaba. Entonces comenzó el espectáculo.

Una docena de soldados en uniforme de combate salieron al diamante diseñado en la hierba y tomaron posiciones alrededor de un montículo—como para un juego de base-ball. Fue en ese momento que apareció el Máximo Líder, el Comandante en Jefe, el jugador principal—y el stadium se vino abajo en aplausos.

Mientras le aplaudían, Fidel fue hasta el montículo, se calzó un guante y observó a los jugadores en las bases, imitando los gestos de un lanzador profesional. Raúl Castro se ajustó la careta de catcher.

—Son miembros de su escolta—dijo John, refiriéndose a los jugadores alrededor de Fidel. El cowboy de medianoche repetía a las muchachas lo que un guía somnoliento le comentaba al oído.

Un hombre en camisa blanca y manga corta tomó un bate y se colocó en la posición de golpear la pelota.

—Los del equipo contrario—dijo John—son miembros del Gobierno.

El primer lanzamiento fue un strike, según el soldado que oficiaba de umpire—y la muchedumbre aplaudió con entusiasmo.

Fidel terminó el inning sin que sus adversarios pudiesen tocar la pelota y dió el juego por terminado. Su escolta de "jugadores" le rodeó enseguida, al tiempo que el equipo contrario regresaba a las gradas, aceptando que no se podía ganar contra Fidel. Pero Kelly había crecido viendo con su padre los juegos de base-ball en televisión y sabía que los ministros no habían intentado seriamente batearle la pelota al Líder Máximo. Kelly leyó en las notas al programa: "Ayer el deporte era comercial y una forma de ganar dinero: la explotación del hombre por el hombre. Hoy los deportes son saludables y puros".

Minutos más tarde 400 soldados en uniforme verde-olivo y cascos este-alemanes se pusieron a ejecutar ejercicios militares. Los soldados movieron sus armas en coreografía exacta. Fidel Castro se puso de pie y el oficial ordenó a sus soldados desfilar ante el Comandante en Jefe.

A principios de año, Venezuela había interceptado un contrabando de armas provenientes de la isla y en protesta la Organización de Estados Americanos había expulsado a Cuba. Entre los estudiantes se rumoraba que Fidel declararía la guerra a los gobiernos de América Latina. "Hasta que la Cordillera de los Andes se convierta en la Sierra Maestra del continente", le escucharía decir Kelly, en su discurso de esa tarde.

La muchacha miró hacia las gradas, vio a Roberto que la observaba y cambió la vista, disgustada. Desde la noche del sábado no se hablaban. La negativa del funcionario a investigar lo ocurrido le ponía a Kelly en entredicho su honestidad de revolucionario—y su intento de seducción le pareció una bajeza. Con su machismo herido por el rechazo, el hombre la evadía, furioso.

"Tarde o temprano tendremos una confrontación muy seria", se dijo. "Tal vez la cancelación brusca de mi invitación... mi expulsión de la isla".

Pero cualquiera que fuese su destino, Kelly le rogaba a Dios que no ocurriese al día siguiente, 26 de julio, la fecha mágica que todos esperaban, el instante cumbre del viaje.

—Mañana sí que Fidel va a hacer un discurso importante—predijo John.

Al día siguiente, Kelly se levantó muy temprano, teniendo la sensación de estar viviendo un momento histórico, un día clave en la gesta que había cambiado la realidad política de la América Latina. Mientras se vestía pensó entusiasmada en su padre, que desde El Cerrito, en California, seguía con ilusión las angustias de este pequeño país sobreviviendo los ataques de Estados Unidos, a sólo 90 millas de sus costas. En San Francisco la había despedido con un beso y una sonrisa de triunfo—y Kelly sabía que para él, obrero irlandés, aquel viaje representaba un ajuste de cuentas con su gobierno. "Mi padre nunca se hubiese comportado como Roberto", se dijo. "¡Si mi padre supiera!"

La muchacha terminó de arreglarse y bajó al vestíbulo del motel, donde esperaban los ómnibus... y decenas de ejemplares de la prensa cubana de la mañana.

Enormes titulares acusaban a Estados Unidos de provocar un incidente en la verja que en Guantánamo separa la base naval norteamericana del resto de la isla. Según la versión oficial, un grupo de Marines había disparado sobre los centinelas cubanos—sin motivo. Los fidelistas habían ripostado. Un soldado cubano había muerto.

—A cincuenta millas de esta explanada—comentaron los "guías".

En la enorme explanada la muchedumbre cubría el terreno hasta el infinito. Estaban los 100,000 campesinos de la Sierra Maestra y también cientos de miles de vecinos de Santiago y sus alrededores. Habían venido en autobuses y camiones, pero la atmósfera distaba mucho de ser de fiesta.

Kelly se puso en pié cuando comenzó la algarabía.

Fidel no sonreía cuando llegó al estrado que presidía la concentración. Al ver a Castro la multitud se había puesto a gritar y ahora le dedicaba un aplauso cerrado. Cuando disminuyeron los aplausos, Kelly les oyó vitorear:

"Fidel, Fidel, Fidel..."

A la muchacha se le puso la carne de gallina.

El hombre en la tribuna dió a la multitud un rápido saludo con la mano y se quitó el cinto con su pistola 45. En voz baja comenzó la introducción de su discurso, mientras ajustaba y reajustaba los micrófonos con dedos nerviosos.

La muchedumbre rugió y gritó de nuevo: "Fidel, Fidel, Fidel..."

Tres horas y media duró el discurso. Kelly miró a la presidencia del acto y se sorprendió al ver a Raúl Castro cabecear, medio dormido. Ché Guevara le zarandeó discretamente, para despertarle.

Durante esas tres horas y media Kelly comprobó el carisma de Fidel, su magnetismo, sus dotes dramáticas—y la íntima relación que estableció con su pueblo. Fidel dispuso por ellos, les relevó de la angustia de escoger su destino o de asumir individualmente los retos de la economía de la isla. Y a cambio, les pidió sacrificios. No tuvo límite el control sicológico que consiguió de las masas. Y Kelly se preguntó: "¿Es esto democracia?"

—Su poder personal no parecía estar compensado por ningún mecanismo—comentó Kelly, diez años más tarde. La muchacha saltó de la cama y salió de su habitación.

—Ven—dijo.

La seguí, poniéndome una bata.

—Aquel día ví que la Revolución no era lo que pensaba, sino el ejercicio del poder por un hombre sólo—continuó—. Fidel era un caudillo, dispensador tanto de dichas como de infortunios. ¡Tan parecido a Dios!

Me lanzó una mirada rápida.

—¡O a Santa Claus!

Era divertido ver a Kelly, casi desnuda, comentando la política de Fidel y de su isla: la muchacha caminando por aquella casa enorme, con sus piernas hermosas destacándose bajo la camisa de hombre que apenas le cubría las caderas. Llegamos al hueco de la escalera.

—Si mi padre odiaba a Franco por caudillo, ¿no odiaría también a Fidel si lo hubiese observado de cerca? ¡Por supuesto! Yo había visto tu desaparición como un caso aislado, un abuso de poder por un pequeño policía... ¡Hasta ese día!

Kelly comprobó que el enorme cartel de Patty Hearst había sido quitado de la pared en lo alto de la escalera. Y sonrió con aquella—su cierta sonrisa.

—¡Excelente!—dijo—. De ahora en adelante en el área común de esta casa se respetará la opinión individual de cada miembro.

15

En mi nueva cárcel el día sólo se diferenciaba de la noche por la llegada de la bandeja de aluminio, con pan y café con leche, que repartía el policía-camarero. En mi celda de tres pies de ancho por ocho de largo no había luz de sol, ni había con quien hablar, ni prostitutas que observar mientras peleaban, ni presos caminando en el resplandor del mediodía. Tampoco había libros que leer—ni siquiera de propaganda—y para mi sorpresa no nos obligaron a escuchar el discurso de Fidel en Santiago, durante la celebración del 26.

Sin amanecer ni crepúsculo, mi noción del tiempo se redujo a la penumbra provocada por aquel bombillo de 25 watts que permanecía encendido día y noche—nociones que muy pronto comenzaron a existir sólo en mi memoria.

Mis pertenencias se reducían al enorme uniforme que me hacía parecer un espanta-pájaros y a las duras alpargatas que completaban mi nuevo vestuario. Me habían quitado el reloj.

A una hora que preferí creer las 7 de la mañana el policía-camarero me traía una bandeja de aluminio con café con leche y un pedazo de pan. Lo hacía en silencio y sin mirarme más de lo imprescindible. Horas más tarde aparecía con una nueva bandeja: el almuerzo.

La calidad de la comida no tenía comparación con la receta "personal" de Musulungo. Era superior—y resultaba curioso que en aquella cárcel de Seguridad del Estado se comiese mejor que en la vida cotidiana de la nueva Cuba. Carne de cerdo o pescado o pollo con arroz y frijoles negros y cascos o dulce de guayaba de postre eran exquisiteces no vistas con frecuencia en aquellos años. Algo tendría que ver aquel confort inesperado, pensé, con las recientes protestas ante la Comisión de Derechos Humanos de la ONU y las acusaciones de mal trato a los prisioneros políticos. El incidente no había sido publicado en Cuba, pero Aguilar me había comentado los detalles a su regreso de un viaje rápido a Buenos Aires.

Al final del día, sin que en mi celda hubiese cambiado ni la luz del bombillo de 25 watts ni el vacío de mis horas, el policía-camarero me traía una tercera bandeja: la cena.

Era entonces que comenzaba la noche, e intentaba dormir, diciéndome que había pasado un día. Pero mi sueño era interrumpido por los llantos en las celdas ajenas, por los insultos desgarrados contra Fidel, por los gritos desesperados contra su revolución—y luego por el ruido de las pisadas rápidas, las llaves sonando contra los barrotes, el sonido de las celdas al abrirse... y los perros que ladraban en la distancia.

Además de las tres bandejas—que iba contando para tener una idea de la fecha—había en mi vida un cuarto momento clave: la ducha.

A una hora que podía ser las cuatro de la tarde el policía-camarero abría la celda, me conducía en silencio al pabellón de duchas—unas ocho en un espacio aislado, al final de un corredor—y en silencio me observaba ducharme, mientras otro policía-sirviente, a quién nunca ví la cara, recogía en mi celda mis orines y excrementos, dejando junto a mi camastro un orinal impecablemente limpio.

Mi ducha era precedida cada día por la ducha del resto de los prisioneros—los miembros del grupo contrarevolucionario. Entonces recomenzaban los gritos, los insultos, y de nuevo el ruido de las llaves en las cerraduras y los chirridos de las celdas. En ocasiones se escuchó un forcejeo violento que terminó enseguida, el prisionero controlado por un grupo de guardianes que le inmovilizaron sin decir ni una palabra. La vida en aquella cárcel era un monólogo a gritos entre aquellos hombres y un aparato de represión en silencio permanente.

Una mañana, o una tarde—las mañanas o las tardes era iguales—, un incidente rompió el silencio impecable de los hombres de Seguridad del Estado: el día que descubrieron la foto de Camilo Cienfuegos presidiendo mi celda.

Era una foto amarillenta, arrancada de una revista y enmarcada con flores de papel recortadas de la publicación. El conjunto parecía un homenaje y conseguía, efectivamente, una apariencia de altarcito rústico. Desde que lo ví, al entrar por primera vez en aquella celda, me quedé frío. Camilo era un comandante revolucionario adorado por el pueblo—que había desaparecido en un misterioso accidente de aviación. Las organizaciones que luchaban contra Castro acusaron a Fidel de su muerte, intentando convertirle en un mártir del anti-castrismo. Yo sabía que la presencia de aquella foto en una celda de Seguridad del Estado no podía ser más que una provocación. ¿Quién la había puesto? ¿Cómo fué posible que no viesen al preso construir el altarcito? ¿Cómo fué que no le ordenaron quitarlo? Dominado por el terror decidí no tocarlo... ¡por si acaso!

Una mañana apareció un militar bajito, de piel muy blanca y músculos fofos. El hombre se paseó frente a las celdas lentamente, mientras los prisioneros le insultaban desde el fondo del sótano. Era un mayimbe, un jefe en la nueva Cuba. Estaba orgulloso de sí mismo.

El hombre no reaccionó a los insultos, pero al llegar a mi celda y ver la foto de Camilo se puso rojo de ira, y me gritó:

—¿Quién coño puso esa foto ahí?

—Yo no la puse—dije, lo más firme que pude.

El mayimbe me miró, perplejo, y se volvió al policía-camarero.

—Ni yo tampoco—se defendió el subalterno. Su tono fue lastimero.

—¡Pues quítenla, coño!—rugió el mayimbe—. ¡Que si Camilo viviese ya pa'l carajo los habría fusilado a todos!

Desmonté la foto cuidadosamente y se la entregué al policía-camarero, que me lanzó una mirada furiosa, pálido todavía de puro susto. A partir de aquel momento registró mi celda. Diariamente.

Y los días volvieron a ser iguales a sí mismos. La celda exigua, las paredes de cemento gris, la prohibición de leer, el registro y la ducha diaria ante la mirada recelosa del policía-camarero, el silencio desgarrado por los alaridos de los presos.

Fue así que comprendí el objetivo verdadero de aquellas provocaciones y gritos. Un castigo físico era infinitamente más tolerable que aquella monotonía. Me ahogaba el aire viciado de aquel sótano, la falta de luz natural. Me desesperaba mi incapacidad de conciliar el sueño después de un día de total inactividad—con aquel bombillo de 25 watts encendido permanentemente sobre mi camastro. Terminé añorando no ya la libertad, sino la celda inmesa y abierta del Vivac de Musulungo.

Y aquí sí que conocí la paranoia. Cortado del mundo, con mi evasión mental imposibilitada por la ausencia de lecturas, con mi identidad disfrazada por aquel enorme uniforme azul, con mi noción del tiempo suspendida por la ausencia de un reloj o de la luz del sol, comencé a coquetear con una realidad desprovista de asideros. El uso de mi imaginación era mi único refugio, y sin embargo, en ella iba surgiendo el pavor, apoderándola, terminando por vencer mi voluntad de salud. Cualquier esfuerzo por evadirme en la imaginación terminaba en el miedo. Y recordé la frase:

"El objeto de la tortura es la tortura... El objeto del poder es el poder… El poder consiste en despedazar la mente humana, para luego reconstruirla de una forma nueva…"

La frase la había dicho O'Brian, el personaje de Orwell. Que faltasen 20 años para 1984 no reducía mi angustia.

Fue en aquellos días iguales a las noches, monotonamente idénticos, donde comprendí que para destruírme al policía-camarero le bastaba con cambiar sutilmente los ritmos cotidianos de mi presidio, cambiar el orden de mis bandejas, su cadencia, dejar el orinal sin limpiar, alterar los horarios de la ducha, o hacérmela repetir en un mismo día, para alterar mi percepción: retorcer en mi mente la coherencia de un día cuya estructura estaba sostenida únicamente por acontecimientos uniformes. Romper el ritmo de aquella monotonía en un mundo totalmente hermético era destruir mi único asidero a una salud mental mínima. Era la llamada a la locura. Y ante la posibilidad de la locura surgía el terror, convertido ahora en paranoia, esa otra forma de la asfixia.

Cuando esa noche el policía-camarero me tendió la bandeja no solamente temí que la comida estuviese envenenada, sino que estaba convencido que el muy malvado lo hacía por quinta vez en el día.

16

Aquella noche no comí, ni tampoco al otro día, ni al siguiente. El policía-camarero me miraba de reojo, con rencor, mientras recogía mi bandeja intacta. En la ducha me observó con desprecio, y no lo perdí de vista, temiendo un desenlace traicionero a nuestro duelo de miradas. El ayuno me provocó una sensación de ingravidez que nunca sentía mejor que en la caminata de regreso a mi celda, después de la ducha.

Una mañana temprano el camarero abrió mi celda y me despertó. Me pidió que saliera.

"Será entre las cinco y las siete de la mañana", me dije. "Ahora vendrá el cambiazo. Me dará de nuevo la cena y enseguida el desayuno y no sabré más quién soy ni dónde estoy".

Pero el policía-camarero no traía desayuno.

El hombre me guió por el pasillo de regreso a las duchas. Mi corazón latía rápido y la angustia apenas si me dejaba respirar. Según mis cálculos la ducha ocurría entre las cuatro y las cinco de la tarde. ¿Para qué hacerme duchar a las siete de la mañana? Estaba aterrorizado, pero me obligué a pensar.

"¡Eso es! Está frustrado por no poderme envenenar y ahora intenta volverme loco. Mejor será que le siga la corriente, no lo contraríe, y le haga creer que me enreda en su telaraña de equívocos".

Tomé mi ducha con desenfado, poniendo al mal tiempo buena cara. "Controlarme no le va a ser tan fácil. ¡Qué se habrá creído este mequetrefe policía!" Me sequé cuidadosamente y estaba a punto de vestirme con mi uniforme enorme, cuando el hombre colocó ante mí, sobre una silla, mis ropas personales. Esta vez mi corazón se echó al galope. El recuerdo de mis traslados de prisión me apretó el estómago y me provocó una arqueada. El hombre no intentaba volverme loco. ¡No! Lo que hacía era prepararme para un último traslado, sin duda un castigo por mi ayuno, que interpretaban seguramente como una huelga de hambre. Esta vez no había más destino posible que los calabozos de Seguridad del Estado en La Habana. El lugar donde llevan los casos más peligrosos. Por tirarle piedras al Capitolio.

¿O sería por Kelly? ¿No era Kelly un agente doble? Era imperdonable mi estupidez, la ingenuidad de creerme seguro en mi falso confort de "artista de pueblo". "Nunca debí", me dije, "comentar mis 'confusiones' con una extranjera. Y mucho menos americana. ¡En este país ya no se puede confiar en nadie!"

Después del primer momento de pánico logré controlarme y me fui vistiendo muy lentamente, queriendo atrasar mi partida. Ya sentía nostalgia de esta pesadilla en Matazas ante la certeza de pasarlo mucho peor en La Habana.

Vestido con mis ropas de calle me presenté al policía-camarero. El hombre me miró sin la menor expresión en su rostro y entonces dió media vuelta, abrió un armario metálico, y sacó una cuchilla de afeitar. Un escalofrío me recorrió la espina. Observé fascinado cómo sacaba la hoja de su envoltura de papel y la colocaba en una antigua maquinilla de tres piezas. Hacía años que las cuchillas de afeitar habían desaparecido del mercado cubano—si exceptuamos el mercado negro, por supuesto.

—Toma—dijo, tendiéndome la maquinilla. Era la primera vez en tres semanas que aquel hombre me dirigía la palabra.

Me toqué la barba de un mes. Comenzaba a ser espesa y fué curioso pensar que alguna vez no había llevado barba. Me afeité con cuidado, lentamente. No sé si el policía-camarero se dió cuenta de mi miedo, de que estaba retrasando mi partida. Se limitó a esperarme, en silencio.

Cuando estuve listo me condujo por los pasillos subterráneos hasta el lugar en que me había depositado el corpulento policía del coche-patrulla. Allí me esperaba el jóven oficial de veinte años, vestido de soldadito atildado y pulcro.

—Divertido, ¿eh?

No le respondí. Su estupidez no merecía respuesta.

Sacó del sobre mis pertenencias. Con voz desprovista de matiz me pidió que contase el dinero y comprobase que no faltaba nada. Seguí sus órdenes, mientras me decía: "Es como con Musulungo. Me lo está devolviendo para que otro policía me lleve a otra cárcel, a otra celda, a otra pesadilla, sin motivo alguno".

Estábamos sólos y no había coches-patrulla ni policías corpulentos por los alrededores. Lo cual hacía la situación más extraña. "Está planeando una trampa". Apenas si podía quitar mi vista del fondo de aquel túnel, de aquella rampa que subía hacia la luz y el calor del trópico. "Por ahí bajarán para llevarme a La Habana".

—¿Está todo?—preguntó.

—Sí—dije. Era la primera palabra que pronunciaba desde que había entrado en aquel sótano.

Me tendió la hoja con el inventario de mis cosas.

—Firma aquí.

Me tendió un bolígrafo y firmé. De una gaveta sacó otro papel y me lo pasó.

—Aquí también.

Preferí no perder el tiempo leyendo la letra menuda.

El membrete decía: *Ministerio del Interior. Departamento de Seguridad del Estado. Provincia de La Habana.* La palabra INOCENTE había sido impresa con un sello de letras enormes—en tinta roja—de un lado al otro del papel. Ni siquiera miré al joven oficial. Firmé lo más rápido que pude y comencé a respirar diferentemente.

—Puedes irte.

No hice nada. Me quedé mirando al soldadito atildado sin la más mínima capacidad de movimiento.

—¡Reacciona!—dijo, y se rió de mí—. Estás libre, puedes irte.

Desconcertado, me acordé de mi automóvil, que había quedado aparcado ante la estación de policía de Varadero. Las llaves se habían quedado en el Vivac de Musulungo. El soldadito atildado era seguramente vidente.

—Tu carro está afuera. Y las llaves están puestas. Pídele al guardia que te eche gasolina y te mire el aceite.

"Realismo mágico", me dije. Lo real maravilloso. Hasta aquel momento un ciudadano desaparecido y al instante siguiente gasolina y aceite pagado por la policía para regresar a casa. Sin la más mínima explicación, por supuesto.

Caminé aquella rampa que me devolvía al sol y al calor, a la luz radiante de una mañana perfecta. Me volvió a sorprender el contraste brutal entre las mazmorras del sótano gris y la belleza del jardín florido, la arquitectura elegante del palacete hermoso.

Mi automóvil estaba aparcado a un lado de la casa, como si perteneciese a un visitante ocasional. Las llaves colgaban del panel de mando. Por un instante temí que la batería no tuviese carga. Me ví empujando el carro rampa abajo, de regreso a las tinieblas, ayudado seguramente por el atildado soldadito.

Pero no. La batería reaccionó y puso en marcha el motor. Avancé hasta la vieja bomba de gasolina, que tanto desentonaba con el lugar, y sin mediar palabra el guardia revisó el agua del radiador y de la batería, echó aceite y llenó el tanque de gasolina. Las puertas de aquella cárcel incógnita se abrieron automáticamente, controladas desde algún puesto de observación oculto.

Busqué mi camino hacia la autopista que me conduciría a La Habana, alejándome de aquel infierno escondido en la tranquilidad de un barrio de jerarcas del régimen y de niños campesinos estudiando marxismo. Cuando estuve a 500 metros del palacete me atreví a bajar la capota de mi automóvil. Sol y calor me pedía el cuerpo. Sentir el verano en la piel.

Había acelerado de nuevo cuando de pronto, como surgido de ninguna parte, un policía me salió al paso y me detuvo. Los reflejos de la paranoia se dispararon otra vez.

"¿Ahora qué? ¿De qué me van a acusar? ¿De pertenecer al 'grupo' por mis zapatos argentinos? ¿O de contrarrevolución por tener un automóvil decapotable?"

Paré el carro. ¡Qué remedio! Mi corazón volvía a desatar su galope.

—¿A dónde vas?—dijo el policía—. ¿A La Habana?

El policía era muy joven y no estaba armado.

—Sí—respondí, evitando conversar.

—Entonces me puedes dejar en mi pueblo. Cinco kilómetros antes de La Habana.

Sin esperar respuesta el policía abrió la puerta del automóvil y se sentó a mi lado.

No reaccioné. No dije nada. Preferí acelerar el carro y continuar en silencio. El policía estaba de muy mal humor.

—¡Tres meses sin que me dieran permiso!—protestó—. ¡Ya era hora! ¡Hay demasiado trabajo!

No contesté y el policía me miró.

—Has salido de ahí, ¿verdad?—. El hombre señaló en dirección del palacete que quedaba atrás.

—Sí—dije.

Una vez más el monosílabo intentaba desalentar la conversación. Pero de nuevo fue inútil

—¡Mi socio!—dijo con una sonrisa, para darme ánimo—. Tienes que estar muy limpio... ¡El más limpio del país! De ahí nadie sale, nadie, si no está muy limpio... ¡Completamente limpio!

Lo dijo despacio, sílaba a sílaba, para acentuar el elogio. Seguí conduciendo y observé las aguas del Estrecho de la Florida, que ya habían aparecido ante nosotros.

—¿Te gustaron los frijoles?—preguntó de pronto.

Le miré. Se me había agotado la capacidad de digerir sorpresas.

—¿Que si te gustaron los frijoles?!

—¿Qué frijoles?—pregunté, completamente perdido.

—Los del almuerzo de ayer—dijo riendo—. Soy cocinero. Me quedaron bien, ¿verdad?

¿Qué iba a decir? ¿Que llevaba tres días sin comer? ¿Que por un momento temí que me castigasen por huelga de hambre? En la nueva Cuba había que andar con cuidado.

—Estaban buenísimos—dije—. Hubiese dado cualquier cosa por comerme otro plato.

17

Al final de aquella misma mañana los estudiantes norteamericanos se reunieron alrededor de la piscina del motel, en Santiago de Cuba.

—Era nuestro último día en la ciudad—dijo Kelly, al tiempo que parqueaba su Volkswagen ante el 2908 de Channing Way—. El alcalde nos daba un almuerzo de despedida.

El edificio era la sede del Berkeley Film House, una escuela de cine que en 1972, dos años antes, me había intentado contratar como profesor. Sólo mi imposibilidad como cubano de conseguir una visa norteamericana en París impidió entonces mi viaje a California. Kelly quería presentarme a Kenneth Belsky, su presidente. Mientras entrábamos en el edificio, continuó su relato;

—En la fiesta había comida en abundancia, pero no la probé. Después de un mes de frustraciones estaba decidida a jugarme el todo por el todo... Y ya no me importó beber... En el quinto daiquirí me enfrenté con Roberto. "Sé que lo has hecho", le dije. "Le has metido preso".

Ayudada por el ron, Kelly se había atrevido a formular su acusación. Para su sorpresa, el hombre se llenó de pánico:

"¡Fue un error, Kelly! No te preocupes. Le acabamos de soltar".

Kelly le miró. ¡No podía ser! ¡Oh Dios, que no sea cierto!. La confesión de Roberto confirmaba lo que tanto había temido.

—Y no lo soporté. No soporté que mis ilusiones con Cuba no fuesen más que un castillo de naipes que se me venía abajo... Comprobar que la vida de mi padre se había malgastado en un sacrificio inútil.

Kelly entró en el ascensor y apretó un botón, nerviosa.

—Mi padre fue líder sindical durante la Depresión, voluntario en la guerra de España... Y es miembro del Partido Comunista Norteamericano. ¿Cómo contarle?

Le tomé la mano y se la acaricié. Aquello explicaba el interés de

Kelly por la guerra española, su pasión por Cuba, su reacción a mi encarcelamiento. La muchacha me miró: dos lágrimas le bajaban por las mejillas.

—Recuerdo que una noche trajo a casa la banderola que había utilizado en una manifestación: "El comunismo es el americanismo del siglo XX", decía en letras rojas... Mi padre siempre fue mi ídolo. De pequeña soñé sus sueños, mientras le escuchaba contar una y otra vez sus historias de la guerra, sus luchas sindicales, su sentido de la justicia... Cuba se le presentó como la realización de su ilusión... Y Roberto destruía ahora lo que me quedaba de aquella esperanza. No aguanté más.

Kelly intentó sonreir, como disculpándose.

—Caí desmayada al borde de la piscina.

Luego se encogió de hombros.

—¡Nervios!... ¡Demasiado alcohol! Más tarde me contaron que John fue el primero en reaccionar. No me había perdido de vista durante el almuerzo, viéndome nerviosa y bebiendo tanto. El sabía que me había propuesto no fumar ni beber durante el viaje. Me dijeron que saltó de su silla y que corrió junto a mí. Con Carol me cogió de los brazos y me acostó en el césped, colocando un cojín bajo mi cabeza. Se me habían acercado corriendo, antes de que se formara un corro de estudiantes a mi alrededor. Roberto no supo qué hacer. El incidente le tenía asustado.

"Aléjense un poco", pidió John. "Déjenla respirar".

"Traigan un carro", gritó Roberto.

"¿Para qué un auto?"

"Para llevarla a un hospital".

"¿A qué hospital?"

Roberto miró al Alcalde y John siguió su mirada.

"¿A qué hospital? Shit! ¿A qué hospital?"

—El hombre se quedó mudo ante el tono agresivo de John. Conozco a John—dijo Kelly—y no me extraña que el pobre aparatchik no necesitase idiomas para entenderle.

"Le está preguntando si hay aquí cerca un hospital a dónde llevarla", explicó Roberto, aprovechando la confusión del alcalde para salir de su propio apuro.

"Dos kilómetros antes de llegar a la ciudad", dijo el alcalde. "A la derecha".

John se levantó.

"De aquí no se la llevan".

Carol lo miró y pensó que su sombrero de cowboy newyorkino le hacía parecer enorme.

"John, sé razonable", dijo Roberto. "Vamos a llevarla a un hospital. Puedes acompañarnos... Quedarte con ella si quieres".

—Yo veía formas borrosas y escuchaba voces y seguía el diálogo como si todo aquello le estuviese ocurriendo a otra persona. John miró a Carol y luego siguió a los enfermeros que me trasladaban a la ambulancia. El médico del hospital hablaba inglés. "Depresión nerviosa", me contó John que le dijo el médico. "Le hemos dado un calmante. Mañana la transladaremos a una institución siquiátrica. Necesita reposo. Está muy delicada".

"¿Por cuánto tiempo?", preguntó John

"Unos días... Tal vez una semana... En una unidad de cuidados especiales".

"¡Mañana seguimos viaje!"

"¡Como está planeado!", interrumpió Roberto. "Pero si quieres te puedes quedar... Aunque más que compañía lo que Kelly necesita es descanso".

Durante la semana siguiente la delegación continuó visitando granjas modelo, obreros sonrientes, vacas millonarias en leche, toros canadienses designados para convertir Cuba en la más importante región ganadera del Caribe.

—Pero ya algo se había roto... A raíz del incidente hasta el más indiferente de los estudiantes supo de tu caso. A ellos también se les enfrió la pasión por el Castrismo, amenazando con hacer inútil tanta propaganda del gobierno. ¡De ahí el miedo de Roberto!

El ascensor se detuvo y Kelly caminó hasta la puerta de la oficina de la Berkeley Film House. Asomó la cabeza. Una secretaria escribía a máquina.

—¿Qué pasa con Keith?

—¿Tenías cita?

—No. Pero siempre viene. Siempre está aquí.

—Hoy se quedó en casa... Está viendo televisión.

—¿Televisión?—. Kelly me lanzó una mirada.

—Les tienen cercados... En cuanto termine...

A la secretaria apenas se le veían los dedos, de tan rápido que tecleaba. Cuando puso el punto final en la carta que escribía, su rostro se abrió en una sonrisa y de un tirón sacó el papel de la máquina de escribir.

—¡Ya está!... Yo también me voy... Lo están transmitiendo por televisión.

—¿Qué es lo que están transmitiendo? ¡Por Dios!

—Patty Hearst y el S.L.A. La policía los tiene cercados en un bugalow de Los Angeles. ¡Lo están transmitiendo en vivo!

Kelly me miró, pero no perdió tiempo. Salió de la oficina y corrió escaleras abajo, en dirección a la calle. Yo corrí a su automóvil.

—No—dijo Kelly—. Vayamos al bar. Está más cerca.

En la esquina de Channing Way había un bar encerrado en sí mismo con típica culpabilidad puritana. Entramos. A cada extremo del mostrador en penumbras había un aparato de televisión. Los clientes hacían silencio, mientras observaban el drama que la televisión transmitía en directo.

—¿Qué van a tomar?

La pregunta del bartender se me antojó obscena en aquel silencio de iglesia. Pedí una cerveza. Kelly me imitó. Ahora se escuchó la suave voz del narrador, poniéndonos al corriente.

El drama había comenzado en el patio de una empresa de remolque situada en una sección negra del centro-sur de Los Angeles.

Agentes del FBI, del sheriff del condado y policías de la ciudad se concentraron en la zona. Muy pronto se les unió una escuadra de periodistas que también habían escuchado el rumor: los secuestradores de Patty Hearst se escondían en el área.

El 1466 de la calle 54 Este, en Culver City, era una bungalow de paredes repelladas con cal. Su estructura amarilla le daba realce visual, del tipo que la televisión agradece. Mientras la emisora agregaba cámaras alrededor del edificio, 18 miembros de la Unidad de Asalto con Armas Especiales—SWAT—se colocaron en posición de combate. Con reflejos de aficionados deportivos, los parroquianos comenzaron a aplaudir. Cheers!

Poco a poco los hombres del SWAT se aproximaron a la casa. Una cámara captó a un puñado de vecinos que se acercaban, imprudentes. Nadie los interceptó y los más jóvenes se encaramaron a un árbol, para ver mejor. El resto del vecindario se concentró en ventanas y patios, esperando el espectáculo. "¡Después de todo es viernes!", me dije. Un sargento de la policía se separó del pelotón.

—Salgan con las manos en alto—gritó con su altoparlante—. ¡Están encerrados!

Nadie salió. No hubo respuesta. Ni siquiera se percibió un mínimo de movimiento en la casa. Dos minutos más tarde el sargento repitió la órden. En la pantalla se vió cuando los hombres del SWAT quitaron el seguro de sus armas. El ataque comenzaría de un momento a otro. Fue entonces que apareció en pantalla la imagen del narrador.

—Quédense en sintonía—dijo—. Enseguida volveremos con ustedes después de estos anuncios.

18

Cuando me vió llegar, mi madre vino a mi encuentro y me abrazó llorando. Mi padre esperó en silencio, y luego él también me abrazó con su discreto amor contenido. No me hicieron preguntas ni intentaron averiguar lo que había pasado. Luego mi madre dijo:
—Arita llamó. Dice que Alfredo quiere verte.

La suntuosa atmósfera del séptimo piso del ICAIC era más activa que cuando mi visita anterior y el ambiente de movimiento frenético contrastaba con la somnolencia del lugar cuando Arita me exigió asistir— más de un mes antes— a la proyección de *Hemingway* para los universitarios norteamericanos.

Arita me recibió con una sonrisa irónica—y enseguida me hizo pasar a su oficina. Alfredo, efectivamente, quería verme con urgencia.

En su despacho había una mesa de excelente caoba oscura, una butaca de cuero negro y dos sillas *Barcelona*, fabricadas según el diseño original de Mies Van der Rohe. Las paredes estaban cubiertas de estantes, donde cientos de libros rompían la atmósfera austera del lugar, y entre los estantes se abría una puerta discreta que daba a las dependencias que Alfredo se había hecho construir detrás de su despacho. La suite privada constaba de un saloncito, un dormitorio y un baño completo, y daba a un pasillo secreto que comunicaba con la oficina de su jefe de relaciones públicas. Así podía eludir visitantes inoportunos, entrando y saliendo sin ser visto.

—No ha sido fácil—dijo Alfredo en cuanto me vió—. Fue una suerte que lograras enviar ese telegrama.

Su ceceo aumentaba cada vez que se sentía contento. Sacarme de la cárcel había sido uno de esos enfrentamientos dialécticos que tanto le deleitaban desde sus años de líder estudiantil: una prueba de su capacidad de maniobra política. Nunca me preguntó cómo había logrado sacar la nota de mi celda de incomunicados. Alfredo había disfrutado con la pelea y lo único que le interesaba era el relato de las dificultades que había tenido para ganarla.

—¿Sabes? Tuve que terminar llamando a Ramirito—. Se refería a Ramiro Valdés, Ministro del Interior—. Mira que meterte en ese lío por una mujer.

Preferí no responder. Más me valía dejarle hablar.

—Mazola es un imbécil—dijo—. No sé cómo se atreve a atacar al ICAIC.

Recordé que Raúl Taladrid me había dicho quién era Mazola. Preferí no darme por enterado.

—Sí, Giraldo Mazola. Cree que la presidencia del ICAP le dá derecho a no dar cuenta de sus actos.

Alfredo caminó hasta uno de los estantes. Cogió un folleto y regresó a su butaca.

—Son los estatutos del Instituto de Amistad con los Pueblos. En ningún momento se establece que el ICAP tenga facultades para detener a un ciudadano.

La línea de razonamiento era típica de Alfredo. Apelar a la legalidad cuando le resultaba beneficioso.

—Tuve que recordárselo a Ramirito. Llevaba una semana llamando a Mazola y no me daba la cara.

Mantuve silencio. Comenzaba a ser posible que Alfredo no estuviese enterado del contenido de mis conversaciones con Kelly. Y si Guevara no lo sabía, era muy probable que tampoco lo supiese Seguridad del Estado.

—A Mazola lo llamó su gente desde Varadero. Cuando se enteró que eras tú dió la orden que te metiesen preso. Para castigarte. Te quería incomunicado.

—¿Cuánto tiempo?—me atreví a preguntar.

—No sé. Dice que poco... que te hubiese soltado en cuanto los estudiantes se fuesen a Cuba—dijo en pleno regocijo: su ceceo era ahora extremo—. Pero no le creo... Te había ordenado que no vieses más a la americana y se ofendió cuando supo que no le habías hecho caso. Si hubiese podido te hubiera dejado preso toda la vida.

Alfredo casi lloraba de la risa. Y yo también. Pero mi risa era una reacción de liberación. Seguridad del Estado no conocía de mis conversaciones con la muchacha. El delito había sido mi indisciplina. Y cometer un acto de indisciplina por una mujer, en el contexto machista del militarismo castrista, era infinitamente menos grave que dudar de las virtudes sacrosantas del régimen.

—Eso es lo que llamo orgullo mal entendido. ¡Pura estupidez! ¡Dió una impresión pésima a los estudiantes cuando más necesitamos que defiendan la Revolución! ¡Eso también se lo demostré a Ramirito!.

Alfredo volvió a reir.

—Mazola no quería soltarte. Tuve que amenazarle con decírselo a Fidel.

Su ascendencia con Fidel era sin duda el elemento esencial de su poder. Alfredo se puso serio.

—Pero hay una condición para que sigas libre—dijo—. No puedes contar esta historia a nadie. Ni a tus padres siquiera. Diles que fue un error de un policía en Varadero.

Alfredo se levantó y caminó hasta la puerta que daba al despacho de Arita.

—No vuelvas a ver a la americana.

Era la concesión que había tenido que hacerle a Seguridad del Estado para ganar su confrontación de poder con los policías del ICAP.

—No podría sacarte de nuevo.

Su tono era definitivo. Pero enseguida la sonrisa regresó a su rostro. Abrió la puerta.

—Concéntrate en tu película—dijo en tono suave, dando por terminada la entrevista—. Es lo mejor.

Me levanté de la silla *Barcelona*, le dí las gracias y me fui. Me sentía feliz. Lo esencial era que nadie se había enterado de mis conversaciones con Kelly. Ninguna otra consideración me importaba, ninguna otra realidad resultaba relevante.

Al día siguiente dí los toques finales a la preparación del rodaje y cuarenta y ocho horas más tarde comencé a dirigir *Desarraigo*—en las minas de la provincia de Oriente.

Fue otra condición de Alfredo: empezar con las escenas de las montañas—lo más lejos de La Habana y de Kelly. Pero el haber sido un "desaparecido" me había dado una lección. "Que alguien siempre sepa dónde estás, me había aconsejado Mario", el joven campesino. Sabía que contar mi caso iba contra las órdenes de Alfredo y que mi gesto iba a ser interpretado como un desafío a Seguridad del Estado. Sin embargo, era la única manera de alertar a mis amigos si algo parecido me ocurría en el futuro. En cuanto pude reuní a mi equipo de actores y técnicos y les conté lo que había sucedido.

Nadie hizo comentarios. Todos trabajaron bien y en armonía, en condiciones físicas que a menudo resultaron extremadamente duras. En cuatro semanas terminamos el rodaje a pesar de la diversidad de locaciones y de lo exiguo del presupuesto.

A mis padres nunca conté esta historia. No quise preocuparles. Más valía que creyesen la excusa del policía irresponsable inventada por Alfredo.

La película fue enviada al Festival Internacional de San Sebastián, provocó interés y ganó un premio especial del jurado. Era la primera vez que en el extranjero veían la realidad cubana sin oropeles triunfalistas—que era en mi opinión la única manera de hacer cine honesto dentro de la Revolución.

Ni el Instituto del Cine ni Seguridad del Estado se atrevieron a enviarme a España a recoger personalmente el premio. Desconfiaban de mi "disciplina revolucionaria"—o tal vez me castigaban por haber contado el caso a mis compañeros. De hecho, me enteré que habían premiado *Desarraigo* leyendo la noticia en la prensa.

El distribuidor español Vicente Pineda intentó comprar la película, pero la censura de Franco la encontró demasiado castrista. En Cuba se interpretó como una denuncia excesiva de las deficiencias del régimen y la copia durmió durante nueve largos meses un sueño semi-eterno, hasta que la noticia del premio en San Sebastián dió a Guevara la fuerza política para estrenarla.

A pesar de su clasificación, que entonces se llamaba "de arte y ensayo", *Desarraigo* tuvo éxito de crítica y de público. Ello hizo que Seguridad del Estado decidiese dejarme en paz—por el momento.

19

En el bar de Berkeley el silencio era completo y el televisor continuaba siendo el centro de atención. Hay que reconocer que hicieron la transmisión sin montones de anuncios.

Las cámaras captaron a un oficial de la policía de Los Angeles, moviéndose a lo largo de una de las paredes de la casa. Con gestos precisos el oficial tiró una lata de gas lacrimógeno a través de una ventana y luego corrió a su posición primera, junto a sus hombres. Un perro flaco y descolorido también se puso a salvo, alejándose de la casa. La lata estalló—y comenzó el tiroteo.

Ráfagas de metralleta marcaron la cal de las paredes. Los fugitivos se defendían con inesperado volumen de fuego y del interior de la casa salía un humo gris de pólvora quemada. Ambos lados disparaban al mismo tiempo. " Más de 350 policías rodean la casa", comentó el narrador.

Por encima del ruido de los disparos se siguieron escuchando los ladridos de los perros. En el parquecito de la esquina las cámaras captaron a los niños del barrio encaramándose en lo alto de los árboles, para conseguir mejor visión. En su afán de establecer estadísticas, el narrador calculó que más de mil peines de balas habían sido disparados hasta el momento.

A las 6 y 35 de la tarde, cuando las primeras llamas surgían del bungalow, una mujer negra apareció en el portal. Estaba aterrorizada y tenía la cara hinchada y cuarteada por los gases lacrimógenos. La mujer corrió hasta la primera línea de policías y una mancha de sangre se destacó en la espalda de su blusa. Un camarógrafo, tan nervioso como la mujer, se le acercó por detrás de los policías y un micrófono entró en pantalla.

—No me dejaban salir—tartamudeó la mujer—. Me tenían secuestrada. Hay todavía cinco personas dentro.

A la mujer se la llevaron en una ambulancia. El narrador especuló

155

sobre la presencia probable de Patty Hearst en el grupo y explicó que la mujer había salido del bungalow a tiempo. Las llamas habían convertido la casa en un infierno y una gruesa columna de humo subía al cielo en aquel atardecer de primavera. Durante un momento el humo ocultó los helicópteros que sobrevolaban la zona y en la casa el calor era tan intenso que las balas estallaban solas. Miré a Kelly y luego a los parroquianos absortos en el espectáculo.

Cuando los bomberos consiguieron aplacar las llamas, el bungalow no era más que un montículo de escombros de 4 pies de altura. La policía encontró tres cuerpos hacinados en lo que había sido el baño. Todavía llevaban puestas las máscaras anti-gas.

El bartender sirvió otra ronda, esta vez por la casa. En la patalla la policía mostraba las seis escopetas recortadas, el rifle automático y las dos metralletas encontradas bajo los escombros.

Los empleados de la morgue sacaron cinco cadáveres en bolsas de plástico. El narrador comentó la presencia en el lugar de Steven Weed, el joven profesor de Berkeley que Patty repudió como novio cuando se convirtió en guerrillera del S.L.A. El muchacho miró a la cámara y dijo:

—Me quedaré en Los Angeles hasta que los cuerpos sean identificados.

Y sin más el narrador se despidió y cerró el programa. La emisora cortó a una nueva serie de mensajes comerciales. El bartender cambió de canal y vimos a George MacRae cantado el hit del momento:

> *Rock the boat*
> *don't rock the boat, baby*
> *Rock the boat*
> *dont't tip the boat over*

Kelly se levantó, pagué las cervezas, salimos del bar y caminamos hasta el carro. No pudimos hablar. No sabíamos qué decir. En silencio regresamos a la casa.

En la escalera del enorme caserón Kelly observó el espacio de pared donde había estado el cartel de Patty Hearst vestida de Tania. La muchacha me miró un instante y siguió subiendo.

Los salones estaban vacíos aunque la mayoría de los miembros de la comuna se encontraban en el edificio. En el primer piso nos cruzamos con Agatha, la muchacha que había colocado el cartel de Patty en la escalera. Durante días la atmósfera entre las dos amigas había sido tensa.

—Siento lo del cartel—le dijo Kelly—. Y mi reacción a tu comentario el otro día... Fue infantil.

—No tienes por qué. Tenías todo tu derecho a expresarte—dijo

Agatha, y sonrió—: ¡Ya Bob te dijo que estamos en un país libre!

Kelly sintió la ironía de la muchacha.

—De verdad que lo siento. ¿Viste la masacre? Tal vez tendríamos que poner el cartel de nuevo.

—No—dijo Agatha, y besó a Kelly en la mejilla. Luego bajó la escalera y salió a la calle.

Seguí a Kelly a su habitación.

Un altarcito mostraba cartas postales en los bordes de un marco dorado: un retrato de Nefertitis, el Jardín de las Delicias, una Venus de Milo y una foto de Scott Fitzgerald joven. Un elegante bolso gris y dos hermosos encajes de seda coronaban el marco, mientras que un grabado de Goya, una vela en un pozuelo, una virgen de plástico con agua bendita de Lourdes y varias piedras de colores reposaban sobre la cómoda, debajo del espejo. Una planta alta y florecida dominaba el conjunto.

La muchacha se sentó en su cama angosta y me miró. Sobre la cama estaba abierto y a medio leer una ejemplar de *The Feminine Mystique*, de Betty Friedan. Kelly cerró el libro y lo colocó en la mesita de noche, junto al ejemplar de *Tinker, Tailor, Soldier, Spy*, de John Le Carré. En tono impersonal me comenzó a contar el final de su estancia en Cuba.

—Cuando el automóvil se detuvo ante el hotel Riviera fue Roberto quién me abrió la puerta. Me estaba esperando.

"¡Qué gusto verte!," dijo Roberto. "¡Qué bien se te ve! toma... Aquí tienes la llave de tu habitación... El botones te subirá la maleta".

Descendí del carro, cogí la llave sin apenas mirar a Roberto y penetré en el hotel. Por el lobby se paseaban los guías y los traductores. Pero no les hice el menor caso. Caminé hasta el fondo del enorme vestíbulo y me detuve ante los ascensores. Llegó uno, se abrieron sus puertas y apareció Carol, acompañada de otras dos estudiantes. Se les iluminó el rostro cuando me vieron.

"Wow, Kelly! ¿Cómo estás?"

Me limité a decir:

"Bien". Y penetré en el ascensor.

Carol no se dió por vencida. Comprendía mi estado de humor, el mal humor en que me encontraba. Pero quería saber más, confirmar que todo estaba bajo control.

"¿Kelly?"

Miré a Carol, pero no contesté. Miré el número inscrito en el colgante de mi llave y apreté el botón de mi piso. Carol saltó a la cabina antes de que se cerraran las puertas. Subimos solas.

"Lo siento, Kelly... Todos lo sentimos. El viaje ya no fue el mismo... ¿Qué pasó?"

No contesté.

"Le cogieron preso, ¿verdad?"

El ascensor se detuvo. Las puertas se abrieron. Caminé hasta mi habitación. Carol me siguió y me dijo:

"Roberto te lo confesó, ¿no es cierto? Todos lo sabemos... es decir, lo sospechamos... John está convencido".

Abrí la puerta y me volví. Miré a Carol. En voz muy baja, mecánica casi, impersonal, le dije:

"Un mes, Carol... Cuatro semanas de cárcel por verme, por ser dulce y tierno conmigo... ¡Cuatro semanas!"

Carol no respondió. Mi tono no la tomaba por sorpresa. Mi voz neutra me protegía de mis emociones, ahora que estaba del otro lado de la crisis. Intenté cerrar la puerta y Carol me lo impidió.

"¿Qué vas a hacer?"

"Verle", fue mi respuesta.

Al día siguiente desayuné en mi habitación, pasando por alto la rutina de bajar al comedor a que me informaran de las actividades del día. Luego salí del hotel. Varios miembros del ICAP me vieron. Pero nadie se atrevió a detenerme.

Sin embargo, Carol vio que Roberto hacía una señal a uno de sus hombres para que me siguiese. Caminé desde el mar hasta la calle 23 y allí doblé a la derecha y caminé hasta la calle 12.

Uno a uno visité los nueve pisos del ICAIC. Nadie me detuvo, nadie me conoció y nadie me hizo preguntas. En el quinto piso me encontré con un joven director de cine que recordaba mi primera visita.

"Eres Manuel Octavio, ¿no es cierto?"

El joven se sorprendió de que le llamase por su nombre. Le pregunté por tí.

"Está filmando en las minas de Nicaro", me contestó. "Al norte de la provincia del Oriente".

Kelly se levantó de su cama y fue hasta el fondo de su habitación. De un armario sacó una cajetilla de Marlboro.

Nunca la había visto fumar tabaco, pero se le veía ávida cuando encendió el cigarrillo. Dió una fumada profunda y dijo:

—Mis esperanzas de verte se desmoronaron de un golpe. Había aprendido a dominar mis emociones y la actitud fría que había asumido en la clínica de Santiago comenzaba a serme confortablemente útil... Pero en el aeropuerto me esperaba lo peor... Nos habían colmado de regalos... Libros, objetos de artesanía, discos, fotografías, carteles de cine. A mí me darían el mejor.

Kelly me ofreció una sonrisa cansada.

—Cuando me disponía a subir la escalerilla del avión, Roberto se me acercó en el calor de la pista. Las gotas de sudor le corrían por la frente y sus cejas enormes las detenían y las obligaban a correr alrededor de los ojos, por las sienes.

"Kelly", dijo. "Tengo algo que decirte. No puedo dejar que te vayas así".

—No pronuncié palabra. Me limité a mirarle. Fijamente.

"Sé que para un revolucionario dejarse llevar por la pasión es un grave error", dijo. "¡Estoy enamorado de tí! No pude soportar verte con él y si lo puse preso fue por celos. Celos de verles juntos, celos de saberles felices. Te pediría que te quedaras aquí y vivieras conmigo si no supiera que como revolucionaria tu puesto está en los Estados Unidos, luchando contra las injusticias de tu propio gobierno. Sólo yo soy responsable de este error. ¡Créeme! ¡Es verdad!"

Kelly fumó de nuevo y tardó todavía un momento antes de continuar.

—¡Qué asco! ¡Echarse la culpa para salvar el prestigio del régimen!

Kelly me miró, muy seria.

—Dí media vuelta y subí al avión sin responder. ¡No podía más! Aquella bajeza acabó de destruir el poco respeto que me quedaba por aquella gente.

Kelly fue a la ventana de su habitación y miró su calle de Berkeley, serena en la clara noche de verano. Por las ventanas abiertas de las casas vecinas se podía escuchar el noticiero de las nueve reproduciendo los momentos más dramáticos del tiroteo en Los Angeles. La temperatura había bajado y la muchacha no pudo evitar un escalofrío. Cerró la ventana y se volvió hacia mí.

—Las puertas del avión se cerraron y cuando se pusieron en marcha los motores y el aparato se deslizó por la pista, desapareció mi compostura. El avión me alejaba de la necesidad de fingir, libre finalmente de aquel policía que ni siquiera supo dominar su lamentable oficio... De alguna manera mis compañeros supieron que no había que molestarme, ni siquiera confortarme... Y cuando sentí que las ruedas despegaban del suelo... ¡me heché a llorar como una niña!

Y en su habitación de la comuna de Berkeley, diez años casi al día, Kelly se echó a llorar un mismo llanto amargo.

III

El Más Allá

"Freedom's just another word
for nothing left to lose".
—**Kris Kristofferson**
en "Me and Bobby McGee"

1

—Hola dijo la voz en el teléfono.

Era su voz: la que recordaba de nuestro encuentro en el ICAIC, la voz con que respondía al teléfono en su habitación del hotel Riviera, la misma con que me habló al oído una tarde de playa en Varadero. Eran las siete y media de la mañana de aquel domingo en Los Angeles y no había dormido en toda la noche. Dí un salto y me senté en la cama.

De Kelly había conservado dos direcciones. Una personal, en Berkeley, y la dirección de sus padres, en El Cerrito, un pueblito modesto al noreste de la ciudad. Cuando conseguí venir a Estados Unidos decidí averiguar qué había pasado con Kelly. En mi hotel redacté una carta que copié dos veces. Una copia la envié a su apartamento—en el que luego me enteré que ya no vivía—y la otra a la casa de sus padres. Kelly llevaba dos meses sin verles cuando decidió visitarles durante un fin de semana. Fue el día en que llegó mi carta. Esa misma noche regresó de Berkeley y al día siguiente me llamó a Los Angeles.

—¿Qué haces ahí?

—Secándome el agua del pacífico—dije, y no le mentía. Mi pelo estaba todavía mojado del chapuzón en el mar esa madrugada—. Me iba a dormir.

Hubo un silencio.

—¿Cómo estás?—pregunté, tratando de ocultar mi nerviosismo.

La noche la había pasado en un estudio escuchando a Véronique Samson grabar su primer disco americano. Véronique era francesa, pero grababa su disco en Los Angeles, y me había pedido venir a California a conocer a su marido, el músico Stephen Stills. Yo había escrito un guión con la actriz Jean Seberg y queríamos que Véronique fuese la protagonista de la película y que Stills escribiese la música.

La gran idea se nos había ocurrido a las seis de la mañana: irnos todos

163

a Malibú, a bañarnos en la playa. Yo había nacido y crecido en La Habana—a cuadra y media del Atlántico—y aquella era la primera vez que volvía a bañarme en un océano. Era de día cuando regresamos al hotel, chorreando agua.

—Estoy bien y he dormido bien y te tomas el primer avión y te vienes a San Francisco—. Lo dijo tranquilamente, como si fuese lo más natural del mundo. ¡Así de preciso!

—¿Me dejas por lo menos darme una ducha?

—Hay vuelos cada hora. En dos horas te veo en el aeropuerto—. Y colgó.

Miré la hora, miré mi cama—y miré al pasado en el que Kelly, todavía una adolescente, me había entregado su amor. Por la ventana de mi habitación la calle parecía desierta. Fui al baño y me dí una ducha caliente.

Mi hotel se encontraba en Rodeo Drive y la modesta tienda de bebidas alcohólicas, en la acera opuesta, aún no había abierto sus puertas. Rodeo es hoy la calle más cara del mundo y la tienda de licores se ha transformado en la más importante sucursal de Gucci en Estados Unidos. Pero en 1974 no era más que una calle inocua que conectaba el Hotel Wilshire con el Bervely Hills Hotel. Cuando terminé me sequé, me vestí y me fui al aeropuerto.

El pasillo del aeropuerto de San Francisco no terminaba nunca, pero al fin dobló a la derecha y se convirtió en una rampa que llevaba a la calle. En la pared de caras que esperaban mi vuelo reconocí su rostro. Kelly me aguardaba a la izquierda del pasillo, un tanto alejada del grupo, como conservando sus distancias.

Sus ojos azules, su rostro pecoso de pelirroja irlandesa me resultaron familiares y a un mismo tiempo irreconocibles. Diez años habían hecho de Kelly una mujer—otra mujer. Y no es que estuviese avejentada: estaba más bella que nunca. Pero era una belleza diferente. La niña ingenua de veinte años había desaparecido para dejar paso a una hermosa mujer de 30.

Nos miramos atónitos y luego me decidí y la abracé y la besé y durante unos minutos no pudimos hablar, caminando entrelazados hacia el ascensor que nos bajaría al parqueo.

Fue entonces que me percaté del detalle. ¡Un ascensor! Dentro ya del aparato, oscuro objeto del recuerdo, Kelly apretó un botón y su gesto disparó mi memoria, y sentí el escalofrío, y la silueta corpulenta surgió otra vez de ninguna parte, dándome el tirón de la muñeca, y mi espalda golpeó la madera de una puerta que se abrió. Kelly había olvidado en qué piso del parqueo había dejado su automóvil y en aquel momento poco nos importó. Habíamos comenzado a hablar al unísono en un diálogo de sordos. Yo le contaba del vacío en el estómago al caer sobre la butaca que se volcó—y también de las piernas del hombre penetrando en la pieza y de la puerta que se cerró despacio detrás de sus pies: mi parte de esta historia. Ella me contaba la suya, en un monólogo a dos en el ascensor que nos llevaba de arriba a bajo, y de nuevo a arriba, reviviendo y comparando aquel instante en Varadero—que durante tanto tiempo habíamos temido el último—con este que terminaba por suceder, una década más tarde, en California.

Finalmente nos calmamos y tomamos en serio lo de encontrar el carro. En la autopista que sobrepasa San Francisco Kelly sacó un joint y lo encendió.

—Tengo algo que decirte—dijo en tono secreto.

Me vi padre de un inesperado hijo de diez años. La miré aterrado, pero no le respondí. Ella se dió cuenta de mi miedo y dejó escapar una risita.

—No te asustes. ¡No es un hijo! Es que vivo en una comuna... ¡de izquierdas!

—Si no me agreden no va a ser un problema—dije aliviado.

Kelly me miró y entonces me regaló esa vieja conocida: su cierta sonrisa.

Alcatráz nos acompañó durante el trayecto sobre el puente de la bahía de Oakland. Silencioso y apropiado comentario del pasado.

En la casona celebraban "El Día de la Liberación de la Mujer", una fecha que los comuneros conmemoraban, en apoyo al movimiento feminista. En cuanto llegamos fuimos al patio posterior, donde ocurría la fiesta.

En un rincón un grupo asaba carne en barbacoa. Otros comentaban el secuestro de Patty Hearst, ocurrido a pocas cuadras de la casa. En un rincón, una radio amenizaba la fiesta:

My love,
you make me feel brand new

Kelly me presentó a sus compañeros. Bob, el presidente barbudo de la comuna, servicial y amable. Agatha, una joven rubia y de pelo largo que besó a Kelly en la mejilla y que a mí me saludó con efusión sincera. Wo Loi, un coreano inmigrante que nada tenía que ver con los estudiantes y que se mantuvo a distancia, cumpliendo con la cortesía obligatoria en las circunstancias. Y Jim, joven mecánico de automóviles que tampoco era estudiante. Los demás fueron nombres que no retuve. Eran en total cinco hombres y seis muchachas que me saludaron, amables, sin hacerme preguntas inútiles. El que preguntó fui yo, tratando de entender qué significaba una comuna para el grupo.

—¡No sé! Supongo que mantener vivo el espíritu de los sesenta—dijo Bob, acariciándose la barba.

—Destruir las diferencias de clases—dijo Jim.
—Vivir rodeada de amigos, con más compañía—dijo Agatha—. ¡Si solamente se portase mejor la compañía!

Miré a Kelly, que se había mantenido alerta ante la posibilidad de una agresión verbal contra mí. Pero no había sido necesario. Era evidente que de aquella comuna no habían salido los secuestradores de Patty Hearst. Agatha tomó a Kelly del brazo.

—Tengo que hablarte. Es importante. ¿Me permites?
—¡Por supuesto!—dije.

La muchacha se llevó a Kelly a un rincón y las ví discutir, excitadas. Cuatro estudiantes cargaron un enorme saco de carbón de barbacoa y me hice a un lado, para dejarles pasar. Sin quererlo me encontré escuchando la conversación de las muchachas.

—No aguanto más—le oí decir a Agatha—. Este fin de semana voy a casa de mis padres y me largo de aquí si cuando vuelva no se ha resuelto el problema.

—Se resolverá—le aseguró Kelly. Y gritó—: ¡Bob!

El presidente de la comuna se acercó a las muchachas. Oí como las voces bajaban de volúmen. Cuando Kelly regresó le dije:

—No me has dicho qué haces.
—Trabajo en la escuela de cine. Ayudo a los profesores. Nunca pude hacer cine.
—¿Lo intentaste?
—¿Para qué? Sólo se puede hacer cine en Hollywood.
—¡Hay cineastas independientes!
—¡Claro! Gente que fotografía su ombligo, pretendiendo que hacen cine, cuando lo que hacen es el ridículo.

Kelly metió las manos en los bolsillos de su jean y comenzó a pasearse, furiosa. La seguí.

—¿Y esta comuna qué significa para tí?
—A mí no me preguntes—respondió—. Detrás de la teoría no hay más que la necesidad de compartir una casa.

Pasaría un buen rato antes de que Kelly pudiese relajarse y comer la carne en barbacoa. Fue entonces que dejamos la fiesta y nos refugiamos en su habitación. Kelly no tenía más que una cama individual. Aquella noche Agatha se fue con sus padres y nos ofreció para el week-end su enorme cama camera.

2

A la mañana siguiente nos despertó una llamada de Los Angeles. Era Véronique Samson.

—Hablé con Steve—dijo—. Te espera esta tarde en el rancho de Neil.

La noticia no podía ser mejor. Véronique me había conseguido la entrevista con su marido y el músico me daba cita en el rancho de su amigo Neil Young. Ahora el pequeño VW amarillo avanzaba a toda velocidad por la autopista que nos llevaba a su rancho al sur de San Francisco.

Kelly conducía con entusiasmo—pero no precisamente por la oportunidad de conocer a Stephen Stills. Lo que la tenía fascinada eran las anécdotas de mi viaje a la URSS.

—¡Mi padre hubiese dado lo que no tiene por visitar la Unión Soviética!

Durante los años 64 y 65 la policía había mantenido su decisión de no dejarme salir de Cuba con mis películas. Pero un crítico soviético visitó La Habana y para mi sorpresa decidió exhibirlas en la URSS. Ante la invitación oficial rusa a Seguridad del Estado no le quedó más remedio que extenderme un visado de salida.

En junio de 1966 salí de Cuba con destino a Moscú. Cubana de Aviación volaba todavía con aviones Brittania de turbo-hélice, cuya curva de ascenso era menos pronunciada que la de un jet moderno: por ello podía ver el mar cuando volábamos a la altura de las Bahamas y por la ventanilla presencié fascinado cómo La Habana se reducía a una costa, la costa se transformaba en una isla, y aquella isla—que hasta ese instante había sido mi mundo—se convertía en una isla más en un mar de islas.

—Fue el comienzo de otro comienzo—dije—. En Moscú la gente hacía cola para comprar leche, pero a los burócratas no les interesaba otra cosa que atacar a los chinos... ¡y beber vodka!

Kelly dejó escapar una risa:

—A mi padre no le hubiese disgustado el vodka.

—En Tbilisi me invitaron a la casa de un dirigente cultural. El hombre era bajito y enjuto y tenía unos bigotes georgianos, enormes y negros, que me recordaban a Stalin. Su mujer, simpática y muy gorda, salió al salón, nos saludó y después desapareció.

—¿Liberación de la mujer?

—¡Completa! No reapareció en toda la noche. Eramos once alrededor de la mesa y cada cinco minutos se levantaba un invitado y hacía un brindis con vodka. Había que apurar la copa al final de cada brindis y al cabo de cinco copas pensé que era prudente reducir el consumo. A partir de ese momento mojaba mis labios con el vodka, pretendiendo que bebía, y luego depositaba la copa intacta junto a mi plato. Dos brindis más tarde el anfitrión pidió la palabra. "De nada valen sus triquiñuelas", me dijo a través del traductor. "De esta casa no sale nadie si no está borracho".

Después de la URSS visité Hungría. El nivel de vida era superior, pero una noche sucedió un incidente significativo.

El lugar era una sala de fiestas decadente, un vejestorio de principios de siglo ajado, sucio y mal iluminado, donde un pianista pésimo apabullaba un piano desafinado. La melodía, sin embargo, resultó inesperadamente hermosa.

"¿Cómo se llama la canción?", pregunté a "Jancso Micklos, metteur en scene", como rezaba la tarjeta en francés que a diestra y siniestra había ido dejando esa noche de ronda por los bares de Budapest. Jancso indagó a su alrededor.

"Es mía", contestó el pianista.

Hice un comentario apreciativo, sorprendido de la calidad de la música húngara. Jancso sonrió orgulloso. Pero el pianista comprendió que le habíamos tomado en serio y al rato se acercó y nos dijo:

"Era una broma. La canción se titula *Yesterday*. Es de los *Beatles*."

Tomás Gutiérrez Alea, otro cubano director de cine, me miró. No lo dijimos, pero ambos lo pensamos: ¿Quiénes serán los *Beatles*? En ese instante sentí que la cultura nos había dejado atrás, encarcelados en el angustioso aislamiento de la isla.

Kelly salió de la autopista. La niebla del Pacífico reducía la visibilidad. El automóvil enfiló un camino vecinal que conducía a las colinas, alejándose de las gigantescas pelotas de algodón que penetraban por la costa.

—Mil novecientos sesenta y seis fue el año de *Revolver*—recordó Kelly.

—De *Revolver*, de *Aftermath*, de *Blonde on blonde*, y de la película *Blow Up*. Ese otoño Londres fue una fiesta de color. Ir a Carnaby Street era como entrar en un mundo donde el erotismo había bajado a las piernas.

—Swingin' legs.

—Cierto. Un sábado caminé desde la estación del underground hasta la casa de un amigo, y como la tarde era tibia y las ventanas estaban abiertas, pude oir las canciones de *Revolver* sonando en cada casa, durante las seis cuadras del trayecto: de ventana en ventana la música se encadenaba en sí misma, adelantándose o retrocediendo en el disco, para volver más tarde, mucho más allá, en otra canción, en otra casa, en otra ventana de aquella calle de West Kensington, el barrio entero envuelto en la música de los *Beatles*. Fue impresionante.

—¡Y te quedaste en Europa!

—No me faltaron ganas. Pero me había comprometido a regresar. Alfredo Guevara me lo había exigido antes de gestionar mi permiso para viajar a la Europa occidental. Le había dado mi palabra... y volví.

—¡A luchar por la cultura burguesa!

Resentí su ironía y el regreso de sus antiguos resortes.

—No... Por el derecho a la información.

Kelly continuó por el camino que nos llevaba a lo alto de la colina.

—La economía en Cuba no podía ser peor... no había comida... y la prensa vendía la revolución en Latinoamérica como el milagro que resolvería la escasez... En Europa me dí cuenta de lo mentirosa que es la prensa cubana... En 1966, en los más serios periódicos europeos, las noticias sobre las guerrillas pro-castristas eran cuatro o cinco líneas, mientras que en Cuba una simple escaramuza se anunciaba con titulares enormes.

—¡Ocurre en todas partes!

—¡Tal vez! Pero en todas partes tienes con qué comparar, otras publicaciones para informarte... Si por alguna razón la revolución en Latinoamérica fracasaba, el pueblo cubano recibiría una ducha fría...

Kelly no respondió. Al fondo del camino divisamos un enorme portón de madera.

Un letrero discreto leía: Broken Arrow Ranch. Un muchacho mexicano abrió el portón y un hombre salió de un automóvil parqueado junto al camino. Era Michael John Bowen, el manager de Stephen Stills.

—Síganme—dijo.

El hombre regresó a su carro y Kelly lo siguió.

—¡Fue una verdadera ducha fría!—dije, pensando todavía en la isla.

Kelly me miró sorprendida. No sabía de qué hablaba.

—Hablo de la ducha fría que recibimos en Cuba cuando murió Ché Guevara—le expliqué. Pero ya llegábamos al rancho de Neil Young y decidí no hablar más de Cuba.

Un perro comenzó a correr y a ladrar junto al carro.

—Art, Art…—gritó una mujer joven y hermosa desde la cocina del rancho.

La mujer era Carrie Snodgress, la actriz que se había ganado un Oscar con *Diary of a mad housewife* y que ahora era esposa de Young y la madre de su hijo Zeke.

Kelly redujo la velocidad al ver que Bowen se detenía junto a la casa.

Carrie calmó al perro y regresó a la pareja de búfalos que comían junto a la puerta de su cocina. Neil Young es canadiense de origen indio y el búfalo es un animal fundamental en la cultura de su raza. *Buffalo Springfield* fue el nombre que Neil dió a su primer grupo con Stephen Stills. Sabiendo que el búfalo era un animal en extinción, Young compró seis parejas y se las llevó al rancho para asegurar la permanencia de la especie. Media docena de búfalos pastaban en lo alto de una colina, junto a la casa.

Se escuchó la inconfundible voz ronca de Stephen Stills:

Every tomorrow
Looking to borrow
A piece of today

Bowen esperó a que decendiésemos del auto y nos condujo al otro lado de la casa.

Run a bit faster
Here comes the catcher
Making his play
You had better not stay

Kelly me sonrió. Había reconocido la canción.

You will soon be sorrounded
It doesn't matter
Which of our fantasies stay

Del otro lado de la casa había un prado verde en el que habían construido una tarima provisional de madera. David Crosby dormitaba sobre las tablas, con sus bigotes de foca adornando su cara redonda. Graham Nash bebía cerveza en un rincón, observando las manos de Stills en la guitarra. Tenía el pelo muy largo y vestía completamente de negro. Neil Young miraba el cielo como temiendo una tormenta, mientras alisaba las anchas patillas que le bajaban por la cara hasta el borde de la boca.

> *Lonely and winsome*
> *Calling for someone*
> *Living right now*
> *Something is shallow*
> *Ugly and hollow*
> *Doesn't even allow you*
> *To want to know how*

Sentado en una silla de tijera en el centro del improvisado escenario, con su pelo rubio retrocediendo en su frente amplia, inesperadamente obeso, y sus fríos ojos azules mirando los demonios de su mundo interior, Stephen Stills cantaba sólo su canción, acompañándose con su guitarra acústica. Ese verano Crosby, Stills, Nash y Young se preparaban para una tournée de 56 ciudades de Estados Unidos en menos de tres meses.

> *You might*
> *Live for the living*
> *Give for the giving*
> *Moment by moment*
> *One day at a time*

Kelly se sentó en la hierba a escuchar a Stills. Yo la imité, contento. Si Stills aceptaba trabajar en la película y escribir la banda sonora, que de por sí se convertiría en negocio al publicarse en disco, era muy probable que pudiésemos comenzar nuestra película en un par de meses.

> *It doesn't matter*
> *It's nothing but dreaming*
> *Anyhow*

Stills depositó la guitarra en el suelo, apoyándola cuidadosamente contra la silla. Luego bajó de la tarima, aferrándose a su cerveza. Se nos acercó. Su sonrisa me dió mala espina. Stephen Stills era un músico de renombre mundial, mientras que Véronique Samson era conocida únicamente en Francia. A Stills no le gustaba la idea que su mujer (y no él) fuese protagonista principal de la película.

—¿Me vas a hacer estrella de cine—. Su tono era cínico.

—Hola—-respondí—. Usted *ya* es estrella.

—Pero no de cine—dijo Stills, saludando a Kelly—. No es cubana, ¿verdad?

—¡Qué lástima!—dijo Stills—. Quiero ir a Cuba. A grabar un disco con músicos cubanos. Son los mejores.

—En Nueva York hay muy buenos músicos cubanos—dije.

Stills hizo un gesto de desprecio.

—¡Esos son gusanos!

Miré a Kelly. Stills había utilizado el insulto con que los castristas designan a los exiliados.

—Yo también soy exiliado—dije.

—¿Por qué?—. El tono de Stills era agresivo, buscando pelea.

—¡Uf! Sería muy largo. ¡No merece la pena!

A Stills no le gustó mi respuesta. Era una estrella y no estaba acostumbrado a que le dijesen que no. Yo había reaccionado con mi orgullo herido. Tal vez hubiese tenido que tomarme el trabajo de explicar mi posición.

—¿Trajiste el guión?—. Su tono era seco.

—Está en el carro.

—Dáselo a Michael—dijo, dando por terminada la entrevista—. En cuanto termine la gira voy a Francia. Allí te daré mi respuesta.

—Como quieras—dije.

Stills no extendió su mano y yo tampoco. Comencé a caminar, sin despedirme, seguido de Kelly y acompañados de Bowen. Saqué el guión del automóvil y se lo dí al manager.

—Gracias. Anyhow.

Bowen hizo un gesto de impotencia.

Ya dentro del carro dije a Kelly:

—La gente no está lista para oir verdades.

La muchacha puso en marcha el motor.

—Es que lo que pasa en Cuba hay que vivirlo—dijo. Ya nos alejábamos hacia el portón del rancho, cuando escuchamos gritar a Stills:

—¡Hey!... Música latina es cuban bluegrass.

—Es una frase de uno de sus discos—expliqué—. Lástima que sea tan arrogante y que esté tan mal informado.

—Es una pena—respondió Kelly—. Hubiese escrito una excelente banda sonora.

3

Cuando leí *Los Años Duros* supe que con aquel texto se podía hacer una buena película. El volumen era una recopilación de historias escritas por Jesús Díaz, un escritor de mi generación que acababa de ganar con el libro un premio del Concurso Casa de las Américas. En cuanto regresé a La Habana, a principios de 1967, comencé a trabajar con Díaz en la adaptación de su libro al cine.

Las diversas historias de *Los Años Duros* se podían entrelazar en una trama única—sin que el resultado se convirtiese en un fresco "heróico" de la Revolución Cubana. Eran historias que mostraban el otro lado de la moneda, el lado feo de los mitos, la realidad humana detrás de los slogans. El libro cubría diez años de clandestinidad en las ciudades, de guerrillas en la Sierra Maestra, y de triunfo—pero también de lucha cotidiana contra lo arbitrario. En una historia adicional, escrita por Díaz para la película, un guerrillero castrista mataba a un asesino de Batista a sangre fría— y era detenido por sus compañeros. La explosión de alegría de la población, cuando el triunfo fidelista, era mostrada en el guión desde el punto de vista del guerrillero preso en una celda rudimentaria de la Sierra Maestra. Para mediados de 1967 el guión llevaba tres meses en manos de Alfredo Guevara y todavía no me había dado una respuesta.

En aquellos meses me reunía de tanto en tanto con Aguilar. A pesar de que ya no trabajábamos juntos seguíamos siendo amigos y una noche me reprochó mis críticas al gobierno. Fue como una premonición y un aviso.

—Te has dejado influenciar en Europa—dijo, como si me diagnosticara una infección contagiosa.

—Más bien abrí los ojos. Es todo.

—Esto es una revolución y no se puede construir sin disciplina. Más que inaceptable, criticar las orientaciones de la dirigencia política era para Aguilar incomprensible. La idea de poner en duda el centralismo democrático—ese eufemismo que encubre la naturaleza inapelable del sistema—era un sacrilegio para alguien que como él había sido formado por su padre en la disciplina del Partido Comunista Español en el exilio.

Un buen día, sin aviso previo, Arita me convocó al despacho de Alfredo.

—Me han dicho que ha llegado tu mujer—dijo. Su tono era distante.

Alfredo se refería a Denise Helly, una etnóloga francesa que había conocido en París. En cuanto regresé a La Habana hice gestiones con la Academia de Ciencias para conseguir su visado y le ayudasen con el libro que quería escribir sobre la emigración china a Cuba en el siglo XIX. En los días que Guevara me llamó a su despacho Denise acababa de llegar a La Habana.

—Llegó esta semana—dije, preguntándome qué tendría que ver Denise con *Los Años Duros*.

—Pues bien—dijo Alfredo—. Hemos perdido la confianza política en tí.

Al principio no entendí; luego le dije:

—Es como levantarse una mañana con la sensación de que te han convertido en cucaracha.

Alfredo hizo una mueca que intentaba ser una sonrisa traviesa. Yo continué:

—¿Por la llegada de Denise?

—Siempre te enredas con extranjeras—dijo, sin responder mi pregunta.

Alfredo se levantó de su escritorio y se fue a la ventana a graduar la potencia del aire acondicionado. En otras ocasiones había observado que utilizaba el paseíto para ganar tiempo en una conversación difícil.

—Esa francesa no es tu problema—dijo, y agregó en tono ominoso—: ¡Todavía!

Sus ojos achinados se convirtieron en dos rayas en su rostro afofado.

—Tu problema es que estás confuso.

Había utilizado la palabra en su aserción leninista: el código con el cual el Partido designaba a los que no seguían dócilmente los dogmas de fé marxistas. Hizo una pausa.

—Por el momento no hay cargos. No irás a la UMAP.

Alfredo me miraba con su sonrisa cínica colgándole de los labios.

—Y me lo tienes que agradecer... En Seguridad del Estado llegaron a sugerir que por qué no te ayudábamos a cambiar de profesión.

Ahora su sonrisa se hizo cruel.

—Piensan que convertirte en cortador de caña es la mejor solución.

El antiguo escalofrío me recorrió la columna y de nuevo se me alojó en el vientre.

—Si Denise no es la causa—dije—. ¿Cuál es?

—Desde que has llegado de Europa te la pasas criticando al gobierno.

—No me oculto.

—Predices el fracaso de la Revolución... Hablas de la ducha fría que, según tú, sufrirá nuestro pueblo... ¿Con qué derecho?

—Me refería a las guerrillas en América Latina... A la expectativa excesiva que se deposita en su triunfo... Además, no predije nada. Utilicé la posibilidad de su fracaso como hipótesis.

—¡Trabajo de zapa!—gritó Alfredo al borde la histeria—. ¡Eso es lo que es! ¡Decir que la prensa va a provocar una ducha fría en el pueblo es sabotaje, boycot y derrotismo!

—Lo pienso en serio.

—¡Precisamente! Porque lo crees, porque lo piensas en serio. ¡Será la influencia de Guillermo! Por eso hemos perdido la confianza política en tí.

Alfredo se refería a Cabrera Infante, un novelista cubano exiliado que me había atrevido a visitar en Londres.

—Guillermo nada tiene que ver con todo esto—dije, y le decía la verdad.

Cabrera Infante había sido vice-presidente del ICAIC, en los primeros meses de la revolución, pero terminó renunciando por discrepancias estéticas que implicaban opciones políticas: Guillermo no creía en la cultura programada por la burocracia de un partido único—y con su renuncia se convirtió en enemigo personal de Alfredo. Fue entonces que Guillermo creó *Lunes,* el suplemento semanal del periódico Revolución y tal vez la más importante publicación literaria en lengua hispana de principios de los años 60. Cuando la edición en televisión del magazine produjo el documental *P.M.*, Alfredo aprovechó para atacar a Guillermo, prohibiendo el corto. Su gesto provocó tal reacción de los intelectuales y artistas que Castro se vió obligado a convocar reuniones para buscarle solución a la crisis—al tiempo que aprovechaba la ocasión para hacer desaparecer *Lunes* y su programa en televisión y toda otra publicación literaria independiente. A partir de aquel momento el nombre de Cabrera Infante se convirtió en sinónimo de resistencia pasiva y su desprecio a los escritores que se doblegaban al totalitarismo cultural adquirió carácter de símbolo. El escritor había sido un buen amigo y una figura esencial en mi formación de cineasta. Durante mi viaje por Europa me hice el propósito de visitar a Guillermo. "Hay que tirarle piedras al Capitolio", me dije.

—Ese fue tu error—dijo Alfredo—. Esa visita comenzó la investigación.

—¿Y de qué me acusan?

—Te dije que no hay cargos. Conservarás tu sueldo... Pero sin dirigir películas. Y nos veremos cada semana. Hablaremos del tema que quieras, para que aclares tu confusión.

Hizo una pausa.

—Harás doblajes de películas extranjeras y así te ganarás la vida–. Su tono se hizo ahora amenazante—. Y más te vale no contarle a nadie lo que te está pasando. Ya desobedeciste la otra vez, cuando la americana.

El frío que se había alojado en mis tripas se movía hora a mis pies y a mis manos.

—Pero aquel era otro caso. Y otro momento. Esta vez...

Reaccioné con una celeridad que me dejó sorprendido. "¡Que alguien sepa siempre donde estás!", me había enseñado el joven campesino.

—¡Ya Denise lo sabe!.

Alfredo me miró, sospechando la trampa. Se levantó, fue a la ventana, subió la potencia del aire acondicionado. Ganaba tiempo. Era el momento de jugarme el todo por el todo.

—Creí que tenía la obligación... Nos casamos en septiembre.

Pasarían años antes que me casase con Denise y aquel día para nada estaba al tanto de lo que me ocurría. Pero Alfredo me creyó. Creyó que Denise sabía lo suficiente para crear un problema diplomático. Alfredo sabía que los servicios de inteligencia castristas preparaban en secreto la participación de Regis Débray, como periodista de París Match, en el lanzamiento publicitario de la guerrilla del Ché, aquel otro Guevara en Bolivia. El apoyo de los artistas e intelectuales europeos era fundamental para la ofensiva publicitaria que en el verano de 1967 organizaba Castro en apoyo de su insurrección latinoamericana. El régimen no podía permitirse el más mínimo conflicto con el gobierno de Francia—ni con la opinión pública francesa. Denise mantenía relaciones excelentes con su Embajada y había venido a Cuba con el respaldo de La Sorbonne.

—Si ya lo sabe, ¡que no lo repita!—gritó Alfredo, aceptando lo que creía irreparable—. Que nadie más se entere. Ni siquiera tus padres. Vendrás a mi despacho cada semana... por las noches... y hablaremos de lo que piensas, de tus problemas, de tus dudas... Arita te llamará.

Sentada en la ventana de su habitación, Kelly me escuchaba contar la historia. A través del encaje de madera que adornaba la ventana se veía la luna de California brillando inmensa sobre Berkeley. La muchacha no habló, no hizo el menor comentario de mi relato. Pero era evidente que no estaba a gusto. Me levanté de la cama y encendí un Marlboro. En aquel momento un cigarrillo se me hizo imprescindible.

—Estoy divorciado—dije—. Hace más de un año.

Ahora Kelly sonrió, contenta. Se bajó de la ventana y vino hacia mí, en silencio, y pegó su cuerpo hermoso contra mi cuerpo, y acarició mi nuca con sus dedos, y me besó largo, muy largo, hasta que—de pronto—abrió los ojos y se alejó de mí, y dijo:

—¡Oh, shit!

La muchacha se llevó las manos a la cabeza. Durante un segundo miró el techo en silencio.

—¡Se me olvidó! ¡Son las diez de la noche y se me olvidó que a las siete estábamos invitados a comer en la casa de mis padres.

No supe qué decir. Ni siquiera me había informado de la invitación.

—Vamos—dijo, poniéndose una chaqueta de cuero.

Corríamos escalera abajo, en busca del auto parqueado ante la casa, cuando Bob apareció en la puerta principal cargado con enormes paquetes de provisiones.

—¡Oh, no!—dijo Bob, como un lamento—. La reunión es esta noche.

—Hazla mañana—dijo Kelly, y me miró—. No, mañana ño, pasado. ¡Que mañana es su última noche!

Se refería a mi viaje de regreso a Los Angeles, que había fijado para dos días más tarde.

—Me gustaría estar presente—dije—. Si me invitan.

—Mañana entonces—dijo Bob—. Las cosas no pueden seguir como están en la comuna.

Kelly había llegado junto al Volkswaguen amarillo y abrió su puerta. Penetré en el automóvil y la muchacha lo puso en marcha. Iba—finalmente—a conocer a su padre.

4

Cuando salí del ICAIC aquella mañana caliente de julio ignoraba que las sesiones semanales de "siquiatría" política con Alfredo se alargarían año y medio. Todo esto ocurrió sin que se enterasen mis amigos, mis compañeros de trabajo—o mis padres. Nadie me hizo preguntas. Ni siquiera Jesús Díaz, con quien acababa de adaptar *Los Años Duros*. Como si fuese natural que un director a punto de realizar su proyecto más importante se dedicara a dirigir, de la noche a la mañana, doblajes de oscuras películas checoslovacas. Sobre el país ya había caído la penetrante represión del miedo.

—Dieciseis meses interminables—dije.

Kelly aceleró el automóvil y no contestó. Estaba nerviosa. El Cerrito estaba a hora y media de distancia y eran las 10 y media de la noche.

—¿No vas muy rápido?—pregunté.

—Mi padre estará furioso.

Decidí conversar y distraerla, para que se calmara. Le expliqué que para 1967 el miedo y la propaganda se habían convertido en los ejes únicos de la política del gobierno. Es decir, la policía y la prensa.

—Hasta la noche de octubre en que Fidel se vio obligado a salir en televisión y reconocer que los rumores de la muerte del Ché Guevara eran "desgraciadamente ciertos".

—Fue terrible—dijo Kelly—. Estoy convencida que su muerte generó la violencia del año siguiente en Berkeley.

Aguilar me había llamado tarde aquella noche. Se encontraba sólo en su apartamento y quería hablar, y se la pasó bebiendo ron—y recordando.

Más de dos años antes, en marzo de 1965, el Ché le había invitado a pasar un fin de semana en su casa de playa. No comentó sus planes guerrilleros, por supuesto, ni tampoco las dificultades que experimentaba con los sectores pro-soviéticos del régimen. Se limitó a pasarlo en familia, sacando fotos—que era el hobby preferido del comandante. El Ché hizo fotografías de su mujer y de sus hijos con la esposa e hijo de Aguilar. El domingo se quedaron despiertos hasta la madrugada—como en los viejos tiempos de su adolescencia en Rosario. El Ché sentado en el suelo, bebiendo hierba mate, razgando su guitarra y recitando poemas de Neruda. Nunca más se volverían a ver.

—¿Por qué Bolivia?—dijo Aguilar, exteriorizando una pregunta que todo el planeta se hacía—. Un argentino blanco en un mundo de indios sin hablar su idioma. ¡Una locura! ¿Por qué?

Veinticuatro horas más tarde un millón de cubanos nos congregábamos en la plaza de la Revolución a escuchar a Fidel contarnos la muerte del Ché. Recuerdo esa noche de lluvia fina y fría en octubre.

Durante tres horas los cubanos le escuchamos en silencio, consternados por la noticia. Para el pueblo fue como despertar de la ilusión que durante años le habían creado los enormes titulares del periódico Granma, abrir los ojos a un país depauperado y en ruina moral y económica. Más que la muerte física del Ché, lo que los cubanos sufrieron aquella noche fue el final de la esperanza.

—Yo sabía que ahora más que nunca las autoridades me reprocharían mi predicción de la ducha fría—dije.

Kelly me miró, pero no hizo el menor comentario. Lo que hizo fue aumentar la velocidad del Volkswagen.

—Fue una noche patética... Como aquella otra noche decisiva en octubre de 1962... que fue casi una premonición.

Después de una cena oficial—a propósito de una inoportuna Semana de Cine Polaco en La Habana—agarré una copa de ron y me fui a contemplar el mar que se extendía en un círculo de 180 grados ante los ventanales del restaurant La Torre del FOCSA, 24 pisos más abajo.

Como un collar de perlas bajo la luz de la clara noche del otoño caribeño, una hilera de barcos de guerra norteamericanos rodeaba la isla en la más grave confrontación política entre dos super-potencias desde la Segunda Guerra Mundial. Ningún barco ruso podía cruzar el cerco sin ser registrado por la Armada de Estados Unidos. Washington había demostrado ante la ONU que Cuba se había convertido en base de lanzamiento de misiles nucleares soviéticos a sólo noventa millas del territorio americano. Durante aquella semana crítica la prensa cubana aseguró al pueblo el apoyo de la URSS y de los países socialistas hermanos. Un apoyo incondicional e inquebrantable.

El fotógrafo personal de Castro me contaría más tarde que Fidel dió un puñetazo a un espejo—es decir, a sí mismo—cuando supo que Khrushchev negociaba a sus espaldas, sin consultarle, el status de la isla: los cohetes rusos en Cuba a cambio de los cohetes americanos en Turquía— y la promesa de no invadir la isla. En las calles de La Habana, el pueblo recalcaba su nacionalismo, y gritaba:

> *Nikita, mariquita*
> *lo que se dá*
> *no se quita*

Lo irónico es que del otro lado del Estrecho de la Florida, en Miami, los cubanos exiliados se sintieron igualmente abandonados e inermes ante lo que percibieron como una traición del presidente Kennedy.

La muerte del Ché le demostró a Fidel cuán ilusos habían sido sus sueños de independencia. Desesperado por controlar la desesperanza de la población, Castro militarizó Cuba. Por primera vez desde el triunfo de su revolución instauró eso que en las dictaduras de derecha llaman "estado de sitio"—sólo que en Cuba se llamó "ofensiva revolucionaria". La consigna voluntaria de movilizarse y cortar la caña se convirtió de la noche a la mañana en un orden militar: indiscutible, inapelable, sujeta de hecho a consejo de guerra.

Castro confiscó lo que quedaba de las empresas privadas: pequeñas tiendas de ropa, lavanderías, pescaderías, "quincallas", carnicerías, carritos callejeros de vegetales y frutas y puestos ambulantes de "fritas" y perros calientes. Aquello no tenía ningún sentido económico y la desaparición de lo que quedaba de la empresa privada aceleró la crisis del país.

Fue entonces que anunció una zafra de 10 millones de toneladas de azúcar. Esta nueva "epopeya heróica" explicó, finalmente, el verdadero sentido de la militarización y de las nacionalizaciones: conseguir mano de obra gratuita como último recurso para pagar su inmensa deuda a los soviéticos.

—Un día ví cómo dos tanques unidos por una cadena de 300 pies de largo y un pié de espesor eliminaban en la provincia de Oriente un bosque fundamental para la ecología. Nunca antes el país había destruído tantas reservas importantes para una simple cosecha azucarera.

Kelly me echó una mirada rápida y dijo:

—¿Cómo fue que nadie se rebeló?

—Por el aparato policial que controla el barrio, la cuadra, el edificio… que controla tu puesto de trabajo y tus movimientos en el país… Por la imposibilidad de echarte a nadar y abandonar la isla… Aunque muchos lo intentaron…

—Eso no explica la popularidad de Fidel.

—Fidel es un mito. Mucha gente prefiere creer que los errores son temporales y que Fidel no está informado... Sicológicamente es lo más fácil... A pesar que la catástrofe es evidente les resulta imposible aceptar que han vuelto a las mismas... O a peor... El 68 fue un año triste.

Kelly aceleró el Volkswagen una vez más, y concurrió:

—En Estados Unidos ese año fue un infierno.

Something is happening here
but you don't know what it is
do you, Mr. Jones?

—¡Y en agosto los soviéticos invadieron Checoslovaquia!—dije.

Castro se había inventado una imagen de revolucionario independiente y cuando los tanques entraron a Praga el pueblo creyó que las simpatías de Fidel se orientarían naturalmente en favor de los checos.

Alfredo Guevara llegó inclusive a proponerse como enlace entre Castro y Dubcêk. Estaba convencido—gracias a la auto-intoxicación "independentista" de los dirigentes cubanos—que Fidel denunciaría la intervención. Toda Cuba esperaba esa denuncia.

Pero las ideas liberales de Dubcêk poca gracia le podían hacer a un Fidel Castro empeñado en totalizar su poder sobre la isla. El 24 de agosto Fidel pronunció un discurso en el que apoyó sin reservas la invasión de Checoslovaquia por los soviéticos.

Fue la segunda—y la más terrible—ducha fría.

5

—Más vale que me digas lo que piensas de la invasión— me amenazó Alfredo en la que resultó la hora de la verdad, la sesión definitiva de mi siquiatría política.

Por la ventana de su despacho se veía el aguacero torrencial que caía sobre La Habana. Camino del ICAIC había visto la lluvia cubrir las calles y luego el agua acumulándose contra el contén de las aceras, provocando arroyuelos que bajaban rápido hasta las esquinas, creando remolinos de agua amarillenta y sucia antes de desaparecer en la alcantarilla. Se acerca la temporada de ciclones, pensé, irguiéndome en la butaca.

Hacía un año y tres meses que había estado viniendo cada semana a su oficina y habíamos comentado los acontecimientos en el país—sin excesos críticos de mi parte: apenas lo suficiente para mantener mi posición independiente. Al verme evadir la discusión sobre Checoslovaquia, Alfredo comprendió que no quería discutir, y aquella noche de septiembre me atacó de frente.

—No es posible que no tengas opinión—dijo—. Has sido crítico de cine. Siempre has querido tener una opinión.

—La invasión no es lo esencial.

—¿No? ¿Y qué es esencial?

—La información—dije. Y pensé: Cada loco con su tema.

—Eso es prensa burguesa.

—Es prensa, punto.

—¿Y no te interesa la invasión?

Hice un gesto de desconcierto que Guevara interpretó como una nueva invasión.

—Creo que lo mejor es que pongamos las cartas sobre la mesa—dijo.

Alfredo abrió la gaveta superior derecha de su escritorio y sacó un legajo voluminoso. Me quedé atónito cuando me extendió los papeles que se encontraban dentro.

183

Se trataba de fotocopias de las cartas que me había enviado Denise, dos años antes, a comienzos de 1967, mientras esperaba que terminase los preparativos de su viaje a Cuba. Eran por lo menos veinte cartas fotocopiadas, con frases o párrafos subrayados en tinta roja. En una de las cartas trataba de explicarle lo que era la plataforma continental y definía las islas del Caribe y la península de la Florida como fragmentos visibles de un único territorio bajo el nivel del mar. Vi que aquel párrafo estaba subrayado con dos líneas rojas. ¡Párrafo peligroso!, me dije.

—¡Ya vez!—dijo Alfredo—. Hay también cintas grabadas con tus conversaciones.

Guevara no especificó a qué conversaciones se refería, pero recordé mis llamadas telefónicas a París—y sobre todo la curiosa conversación que tuve una noche con Adela Aparicio, a mi regreso de Europa.

Adela había trabajado conmigo en una película y la semana de mi regreso se apresuró a invitarme a un trago en su apartamento. El gesto me pareció excesivo y en mi vanidad machista lo interpreté como una proposición. Adela quería, efectivamente, acostarse conmigo, pero dejó bien claro que haríamos el amor en el salón principal. Costumbres "kinky", me dije. Esa noche no hizo más (es un decir) que preguntarme una y otra vez sobre mi visita a Guillermo Cabrera Infante en Londres. ¿Otra fijación sexual?

—Si lo saben todo, ¿qué más quieres que te diga?—le largué a Alfredo. El hecho mismo que me revelara la existencia de cintas magnéticas, y que me enseñase las cartas, era buena prueba que ni en las cartas ni en las cintas había nada contra mí.

Guevara me sonrió con aquella sonrisa que convertía sus ojos en dos trazos asiáticos.

—Quería que comprobases que estoy de tu lado—dijo—. Recuerda que Seguridad quiere enviarte a una granja. Si les pedí ocuparme de tu caso es para darte una puerta de salida.

Dentro de su lucha de poder, que en su caso era una lucha personal por seguir siendo "diferente" dentro de la cada día más espesa burocracia castrista, Alfredo necesitaba ayudarme. Le interesaba dejar sentado ante Seguridad del Estado que los directores de cine eran asunto suyo y que ninguna otra autoridad podía inmiscuirse en su manera de resolver nuestros casos—siempre y cuando no hubiese cargos graves contra nosotros. Yo lo había entendio así cuando su pelea contra Mazola—y por eso ataqué:

—Llevamos año y medio buscando una salida.
—Sí. Pero la Revolución está tomando ahora su camino definitivo.
—No nos vamos a convencer mutuamente.

—Lo sé. Por eso te ofrezco una alternativa. Puedes comenzar de nuevo tu carrera, y con tiempo, si recuperas nuestra confianza política, volverías a dirigir películas... O de lo contrario...

Alfredo hizo silencio para acentuar el efecto dramático. Conocía muy bien las técnicas de intimidación

—¿De lo contrario?—pregunté.

—¿Sabes que fuera de Cuba te va a ser muy difícil hacer cine?

Ni lo sabía ni me importaba en aquel momento. Lo que sabía es que no podía seguir viviendo en aquella situación.

—¿Qué dicen tus viejos?—. Alfredo era también un conocedor profundo de la demagogia.

—Mis padres no saben nada. Me prohibiste comentar mi situación con nadie.

—¿Y tu francesa?

—Termina su libro.

Los contactos de Denise con su embajada habían jugado en mi favor. Pero la postura de Fidel ante la invasión de Checoslovaquia había provocado críticas muy duras por parte de los europeos y su actitud hacia Francia tal vez había cambiado. Era buen momento para averiguarlo.

—La embajada francesa está muy contenta con su trabajo.

Alfredo tardó un momento en reaccionar. Luego dijo en tono de queja.

—Se te olvida que se lo debes todo a la Revolución.

No era para nada cierto, pero no riposté. Preferí no antagonizarle. Alfredo volvió a la carga.

—Abandonar la Revolución es traicionar tu patria.

Pasarían muchos años antes de que comprendiese hasta qué punto Alfredo Guevara intentó minar mi decisión en aquella última hora que pasó conmigo, guaracha patética de su burocracia—para cargarme de dudas y de culpabilidad por si decidía abandonar el país.

—Piedras al Capitolio—murmuré.

—¿Qué?

—Nada. Me hablaba a mí mismo.

Alfredo me miró con severidad.

—Andate con cuidado—dijo.

—Precisamente. ¿Y la alternativa?

Alfredo me volvió a mirar. Yo esperaba la palabra mágica que resolvería de un golpe mi situación. La esperaba y al mismo tiempo la temía, ya que sabía que no sería fácil.

A Denise la obligaron a abandonar el país en un carguero de la

Alemania del Este y cuando la dejé a bordo, en la bahía de Nuevitas, me dije: Ahora sí que me joden: sale su barco y a mí me desaparecen mientras Denise está en alta mar, lejos de Europa y de su embajada.

A las nueve de la noche de un sábado, después de una semana de pura angustia, recibí del ICAIC la información que partía al día siguiente. Esa noche tuve que hacer mi única maleta permitida, avisar a los pocos amigos que me quedaban y darle a mis padres la noticia de que me iba—para siempre. Sin querer ni tener siquiera tiempo para explicarles por qué. Nunca más volví a ver a mi padre.

Y el miedo no terminó ni en Madrid, donde el avión de Cubana aterrizó a las cinco y media de la madrugada del 15 de octubre de 1968. Un funcionario castrista que viajaba en el avión, sin tener idea de mi condición de exiliado, se me acercó sudando en el aeropuerto fresco (frío para nosotros que llegábamos del trópico sin abrigos) y me dijo: "¡Aquí no hay nadie de la embajada! ¡Nadie ha venido a recibirnos! ¿Qué vamos a hacer?"

Muy pocas ganas tenía aquel pobre hombre de gastarse los pocos dólares de su dieta en un taxi, teniendo como ya tenía perspectiva de compras a pocas horas de su paciencia y de su escasez, y yo que no tenía dólares, ni pocos ni muchos, pensaba y repensaba la manera de salir de allí—cuando el cielo se abrió y vi a Yolanda Farr, la actriz de *Desarraigo*, anteriormente exiliada, mirándome con la boca abierta y los ojos azorados de la sorpresa, ella que había ido a esperar a una pintora amiga, fugitiva del paraíso, sin saber que yo también huía.

A Yolanda le pedí tres pesetas para llamar por teléfono público a mi amigo Ramón Suárez, el fotógrafo de mi documental *Hemingway*, también exiliado en Madrid—y mi única esperanza de albergue. Pero no sabía que en España había que apretar el botón del aparato para establecer la comunicación después de echar las monedas. Cuando Ramón descolgó del otro lado, escuché su voz dormida que decía: "Aló, aló, coño, aló", encabronado, ya que no me oía—y perdí mis pesetas. Por el cristal de la cabina ví el taxi de Yolanda que se iba, y dejé la maleta, con mis pocas prendas salvadas del naufragio, restos de identidad caribeña que poco me iban a servir en el frío europeo, y salí corriendo detrás del carro, pidiéndole otras tres, por favor, Yolanda, otras tres pesetas... La muchacha se bajó, manipuló el teléfono y terminó la pesadilla—y en el instante que logré comunicar, comenzó mi exilio. Ya en el taxi, camino de la ciudad, el frío de la madrugada en la meseta me recordó el tono helado de Alfredo y la distancia creada por su sonrisa cruel en aquella hora final en su despacho:

—¿Otra alternativa? ¿Quieres otra alternativa?—preguntó, muy cínico—. ¡El avión! ¡Es tu única salida!

—El avión—dije, sin pensarlo más, y sentí el estímulo que me provocó el exteriorizar un deseo tantos meses reprimido.

Pero también sentí que mi libre albedrío poco había tenido que ver con mi decisión de salir del país. En aquel instante, en aquel segundo decisivo supe que desde el principio mi exilio había sido manipulado por gentes a los que nunca ví la cara—y que mi destino se había decidido muchas semanas antes en alguna oficina anónima de Seguridad del Estado.

Y entonces ví el letrero en la autopista y grité:

—¡Coño, frena, que nos pasamos!

6

La muchacha apretó el freno con tal brutalidad que el auto que venía detrás se vió obligado a frenar a su vez y hacer un cambio instantáneo de carrilera. Otro carro frenó, y otro, y por un instante creí que un choque en carambola era inevitable. Por suerte no hubo accidente, pero Kelly comenzó a dar marcha atrás a velocidad considerable, contra el tráfico, y pensé que ya era tentar demasiado la suerte. Un Chevrolet station-wagon, con una pareja joven y tres niños, dió un corte brusco para evitarnos y el conductor, aterrado, sólo pudo impedir volcarse con un esfuerzo físico que le retorció el rostro.

Kelly consiguió retroceder veinte metros y llegó al letrero que marcaba la salida. El CERRITO 2 MILES, decía en letras que se leían a media milla. Dió media vuelta y salió de la autopista. Cinco minutos más tarde detuvo el Volkswagen ante la puerta de una casa pequeña en una sección modesta del pueblo.

La zona residencial se extendía hacia el oeste, subiendo y bajando colinas, estriándose de aceras blancas que serpenteaban las calles abiertas en el valle. Delante de la casa había un jardín modesto, pero cuidado, y a un lado se veía una huerta cuya tierra había sido movida recientemente. Al fondo había una pila de leña acabada de cortar, y una cuerda, atada de un árbol a otro, donde colgaban dos overalls azules y un vestido de algodón estampado con flores.

Kelly sonó el timbre y abrió la puerta.

—¡Mom!—llamó, entrando en la casa.

El salón principal resultó acogedor en la luz tenue de una lámpara de mesa. Las ventanas habían sido cubiertas con cortinas de gasa blanca y los muebles estaban tapizados en una tela también florida. Por la puerta del fondo apareció una anciana muy delgada, de edad imprecisa, y con el pelo gris recogido en un moño que la avejentaba. Se secó las manos con un paño de cocina, mientras nos recibía.

189

—Lo siento, mamá—dijo Kelly.
—Les estuvimos esperando—. La anciana me señaló una butaca—. Por favor, siéntese.
—Es mi culpa—dije, y le tendí la mano—. Distraje a Kelly con mis historias de Cuba.
—Me imagino que tendrán mucho qué hablar—. Miró a Kelly de reojo—. Tu padre no está.
Kelly se movió nerviosa.
—¿Estará en el pub?
—Supongo. No le gustó que nos dejases plantados.
—Lo sé, mamá. Lo siento.
Kelly besó a su madre y abrió la puerta de la calle.
—Vamos—me dijo.
La madre la dejó salir. Esta vez fue ella quien extendió su mano. Fue entonces que noté el crucifijo de plata sobre su pecho.
—¡Qué lástima! ¡Nos había hablado tanto de usted!
Le apreté la mano y le dí un beso en la mejilla.
—¿Me invitará otra vez?
Su rostro se iluminó y ví las ganas que tenía de devolverme el beso. Pero su pudor irlandés se lo impidió.
—Pregúntele a mi marido.
Caminé detrás de Kelly y me volví antes de entrar en el automóvil. La delgada silueta de la anciana se recortaba contra la luz naranja de la puerta del salón y su brazo se levantó, flácido y tímido, para decirme adiós. Ya instalado en el Volkswagen le dije a Kelly:
—Es muy tierna tu mamá.
En la esquina Kelly torció a la derecha y enfiló hacia lo alto de una colina.
—Demasiado—respondió—. Mi padre hubiese necesitado una mujer más fuerte.
Dos minutos más tarde Kelly aparcó el carro en el terraplén que se extendía a la izquierda de un hangar de madera, con ventanas altas y una puerta de vaivén—como los saloons de las películas del Oeste. Una insignia de madera blanca colgaba sobre la puerta. Man in the Moon, leían las letras verdes.
—¿Cómo se llama?
Kelly caminó hacia el edificio y pasó bajo la insignia.
—Le gusta que le llamen Ted.
El interior del pub era un espacio inmenso cubierto de mesas rústicas y sillas de tijera y una barra en madera oscura al fondo del hangar, frente

a las ventanas que daban al valle. Ocho ruedas de carreta en dos hileras de cuatro colgaban sobre las mesas a manera de lámparas—doce bombillos en cada rueda, con el cable eléctrico escurriéndose como serpiente por entre los eslabones que las sostenían del techo. El lugar estaba repleto y las mesas estaban cubiertas de vasos y botellas.

—Ahí está—dijo Kelly, señalándome a un hombre corpulento, de estatura media y pelo blanco. Llevaba lentes montados en una armadura de plástico negro, una camisa de lana a cuadros, con las mangas recogidas en el antebrazo, y un overall azul.

—Hola—dijo Kelly.

El hombre dejó de observar cómo el hielo diluía en su vaso el color ámbar del whiskey y nos miró. Sus ojeras delataban su cansancio, pero sus ojos brillaban peleadores y conservaban la intensidad de sus años mejores. No se movió ni dejó pasar un gesto de afecto cuando dijo:

—Llegaste tarde.

—Lo sé, Dad. Lo siento—. Y Kelly le dió un beso en la mejilla—. ¡De verdad!

El hombre me miró a los ojos, quitó su chaqueta de pana de sobre la silla y me extendió su mano.

—Ted Fitzgerald.

—Mucho gusto—dije. Es mi culpa. La distraje con mis recuerdos.

—¡Eso es sano! ¡Tener recuerdos!—dijo, al tiempo que se volvía hacia la barra al fondo del hangar—. ¡Kevin!

Kelly se volvió hacia mí, orgullosa.

—¿Sabías que mi padre peleó en España?.

Por supuesto que lo sabía. Pero comprendí que la muchacha quería provocar la memoria de su padre. Le seguí el juego.

—No. ¿Dónde en España?

—En el Jarama—respondió, volviéndose al padre—. Durante mi infancia el Jarama se convirtió en una palabra cotidiana en nuestra casa. Nadie en la escuela podía entender por qué sabía tanto de geografía española. ¿Recuerdas, Dad?

El llamado Kevin era un camarero de unos 60 años, de pelo muy corto y camisa blanca con lacito negro y un delantal cubriéndole el pantalón.

—Las brigadas internacionales—dijo el padre—. El batallón Lincoln. ¿Qué bebe?

—Black Bush. Con agua y sin hielo—dije. El padre me miró un instante, y luego se volvió a su hija.

—Vino blanco—dijo Kelly.

Un grupo de borrachos comenzó a cantar en una mesa.

> *Whiskey, you're the devil*
> *You're leading me astray*
> *Over hills and mountains*
> *And to Ameri-cay*

—¿Sabía que la palabra whiskey viene del gaélico uisge beatha, agua de vida? Es una palabra celta—. El padre entregó al tal Kevin un billete de diez dólares.

—Estoy viendo a mi abuelo guardando sus garrafas de whiskey en el sótano, junto a los viejos números de *The Masses*—dijo Kelly—. Todavía recuerdo los dibujos. ¿Los tienes, Dad?

—No. Tu abuelo quemó la colección.

—¿Cuándo peleó en España?—pregunté.

Ted Fitzgerald tardó un instante en contestar. Luego bebió un sorbo de su whiskey.

—Me inscribí en noviembre del 36. Cuando se organizó el batallón. El 26 de diciembre zarpamos en el *Normandie* y en la primera semana de enero desfilábamos por Las Ramblas de Barcelona.

—Mi abuelo vino de Irlanda a principios de siglo.—dijo Kelly—. ¡Cuéntale!

—¡Nah! ¡Habría demasiado que contar!—dijo el padre, y volvió a beber.

El camarero llegó con mi whiskey y brindé:

—Cheers!

El padre brindó y bebió de nuevo y finalmente dijo:

—Mi padre participó en la huelga que la IWW hizo en Lawrence, Massachusetts, contra los textileros.

—A partir de entonces nadie pudo tratar igual a los obreros ¿verdad, Dad?—. Kelly dibujó en el espacio un letrero imaginario—: ¡Industrial Workers of the World! Fue una huelga sangrienta.

—El abuelo de esta niña hizo campaña por Eugene Debs para presidente en 1912... ¡Ya sabe! Cooperativas en las fábricas y autogestión obrera... hasta que aparecieron los rusos...

Kelly bebió de su vino:

—A mi padre no le gustan los rusos—dijo—. Pero recuerdo el busto de Stalin en la casa de mi abuelo durante mi infancia. Y recuerdo sobre todo el día que desapareció. Fue como la pérdida de un pariente en la familia.

—Era la época de MacCarthy—dijo el padre—. Entonces fue que quemó su colección de *The Masses*. ¿Ha venido para quedarse?

—No. Vivo en París. Aquí intento financiar una película.

—Hizo una película sobre Hemingway—. Kelly se volvió hacia mí—. Nunca me contaste cómo conociste a Stills.
—Mi ayudante me preguntó quién quería como músico para la película.
—Stephen Stills es un músico de rock—explicó Kelly, ante la expresión perpleja de su padre.
—Le dije que a Stills y mi ayudante se puso lívido. El músico era el marido de su mejor amiga de infancia. Jean Seberg no podía creer mi suerte.
—¿Seberg?—preguntó el padre.
—Sí. La actriz de cine.. Con ella había escrito el guión.
—Esa tuvo problemas con el FBI—dijo el padre.
—No sabía—dijo Kelly.
—Sí—dije—. Hoover plantó una información en *Newsweek*. Jean había estado ayudando a Jesse Jackson y al Movimiento por los Derechos Civiles en Chicago. Estaba encinta y Hoover quiso desacreditarla haciendo aparecer que el padre era un Black Panther.
Recordé las noches en París, después de las largas tardes trabajando en el guión, y recordé el dolor de Jean, su fijación con esta experiencia horrenda, escuchando a Roberta Flack, una y otra vez, obsesiva:

> *Jesse, come home*
> *there's a hole in the bed*
> *where we slept*
> *that's growing cold*

—¿Por qué Hoover no acusó a Jesse de ser el padre?—preguntó Kelly.
—Hoover era un hijo de puta—dijo Fitzgerald, al tiempo que le hacía señas a Kevin para que le trajese otro whiskey.
—Jackson no era famoso. Los Black Panthers sí. Jean descansaba en Zermatt cuando *Newsweek* publicó la noticia. La impresión fue tan brutal que tuvo un mal parto y perdió el feto. Era una niña.
—¡Qué horror!—dijo Kelly.
—Su marido llevó el feto a Marshalltown, el pueblo de Jean en Iowa. Delante de todos abrió el féretro, durante el entierro. El feto era blanco. Y así ganó el pleito que le había puesto a *Newsweek*. Pero Jean no se pudo nunca recuperar.
Hubo un silencio. Recordé la canción:

> *Hey, Jesse, I'm lonely*
> *come home*

Ted Fitzgerald levantó su vaso.

—Por América—dijo. Su tono era de reto, encabronado.

Kelly le miró sin hacer ademán de levantar su copa.

—Vuelvo enseguida—dijo, y se alejó hacia una puerta junto a uno de los extremos de la barra de madera.

Su padre la vió alejarse.

—Venga conmigo.

El padre de Kelly me llevó hasta la barra y me enseñó la vista del valle que se veía por los ventanales, detrás de los estantes con botellas. Encendidas en la noche, como árbol de Navidad en diciembre, media docena de fábricas cubrían el valle con sus altas chimeneas despidiendo un humo espeso y blanco y sus aparcamientos geométricos repletos de automóviles. En el salón de aquel pub irlandés y obrero, un grupo comenzó a cantar.

How can a whiskey only six years old
whip a man of forty-three

—Es el turno de noche—dijo, señalando al valle—. Durante diez años trabajé ese turno cada noche, cinco noches a la semana. Ahora trabajo de día. Esa ha sido mi recompensa.

—Una vez le dieron un premio.

Ted Fitzgerald me miró aterrado.

—¡Se lo acaba de contar Kelly!

—No. Me lo escribió a Cuba. Para que le enseñara a usted la ciudad. Pero ya no vivía en La Habana.

Llevaba tres años viviendo en Francia cuando recibí una carta de mi madre. Su sobre contenía otra carta, enviada a Cuba desde San Francisco. Era de Kelly. En ella me rogaba que le enseñase La Habana a su padre. Este acababa de ganar un bono por la calidad de su trabajo en la fábrica y quería emplearlo en un viaje a Cuba. Sin hacerlo explícito, Kelly deseaba que su padre, su héroe del alma, comprobase que no había exagerado cuando se desmoronó su fe en el régimen cubano. Incluía su dirección en San Francisco—y la de sus padres.

Respondí la carta con el tacto que pude, explicándole que no estaba en situación de enseñarle la ciudad a nadie. París sí, por supuesto, pero no La Habana. Nunca recibí respuesta.

—¿Cómo la pasó en Cuba?—pregunté.

El padre de Kelly miró las fábricas en el valle.

—Nunca llegué a ir—dijo, y con gesto seco terminó lo que quedaba del whiskey—. En el último momento decidí emplear el dinero en arreglar mi casa. Imposición de mi mujer.

Me quedé en silencio. Fitzgerald sabía que no me tragaba su excusa machista. Siguió mirando las luces de las fábricas en el valle y al cabo de un rato dijo:

—Supongo que no quise pasar por el mal rato de comprobar la verdad por mí mismo.

Ted Fitzgerald se volvió hacia mí, me miró y dijo:

—Kelly cambió desde su viaje a Cuba. Nunca ha vuelto a ser la misma.

7

Parte del viaje de regreso lo hicimos sin hablar. Hasta que rompí el silencio.
—¿Qué pasó con el Departamento de Estado?
—¿Cómo?—. Kelly no sabía de qué hablaba.
—¿Qué pasó al regresar?—. Me refería a las consecuencias legales de su viaje a Cuba.
—Salimos en un vuelo directo a Praga y algunos de mis compañeros se quedaron en Europa, por miedo. A los que regresamos nos quitaron el pasaporte y comenzaron los preparativos de juicio. Habíamos sido los primeros en viajar a Cuba después del rompimiento de relaciones y el Departamento de Estado se empeñó en hacer con nosotros un escarmiento. Tuvimos que crear un fondo para pagar abogados y preparar nuestra defensa. La guerra en Vietnam se les puso difícil y también las manifestaciones en las calles. El gobierno terminó devolviéndonos el pasaporte y archivando el caso. Los que estaban en Europa regresaron de su exilio.
Kelly me miró:
—¿Qué se siente?
—¿Cuándo?—. Ahora era yo el que no entendía.
—En el exilio.
No tuve que pensar mucho para contestar.
—Al principio culpa… Culpabilidad con los que se quedaron atrás, con los que no tuvieron tu suerte… Luego te das cuenta que has llegado a una sociedad diferente, donde puedes escoger y tomar el control de tu vida, y eso te aterra, acostumbrado como estás a que el Estado lo decida todo. Las dos primeras semanas me las pasé en París sin atreverme a salir a la calle… de puro miedo.
—¿Y qué comías?
—Corría al mercado de la esquina, compraba cualquier cosa y re-

gresaba enseguida. En Francia apenas había cubanos y los que había eran funcionarios de la Embajada o simpatizantes del régimen... En un mundo en el que tus amigos son en su mayoría extraños, tus enemigos son los únicos que reaccionan ante tí, los únicos a quienes de alguna manera importas... En el primer momento son tu único punto real de referencia, y tu ansiedad te llevaba a vivir sólo para ellos... Pura paranoia... Esa fascinación malsana con el enemigo.

—No todo puede haber sido agresión—dijo Kelly.

—En el mejor de los casos fue confusión. Los franceses tenían poca información de lo que realmente ocurría en Cuba—y los intelectuales preferían no enterarse, confiando que el Castrismo terminaría por sacarle al Marxismo las castañas del fuego. Recuerdo una cena con un amigo, un crítico importante de cine, en la que no hizo más que repetir una y otra vez: "Hay que hacer la revolución, hay que hacer la revolución". Era como una invocación piadosa. Ahora ya es más fácil.

Durante el resto del viaje, hasta que aparcamos ante la hermosa casa victoriana, no se escuchó más que la radio del automóvil.

If you go to San Francisco
make sure you wear
some flowers in your hair.

No me puse flores en el pelo, pero al día siguiente traje flores para el centro de la mesa comunal y me fui con Bob al supermercado de la Universidad a comprar los ingredientes de la cena que había ofrecido cocinar *à la francaise* para los miembros de la comuna.

Cuando oyó que necesitábamos arroz para la comida, Wo Loi me tomó por un brazo y me llevó a su habitación. Wo Loi era un coreano que había encontrado en la comuna el lugar ideal para vivir tranquilo y barato. En un rincón de la habitación había un altar en el que una vela única quemaba en la penumbra. Detrás de la puerta había un saco de 100 libras de arroz. El coreano me lo mostró con el rostro abierto en una sonrisa de triunfo.

—Coge arroz—dijo en su inglés difícil—. Todo el que quieras.

Era un gesto de simpatía hacia mí, al tiempo que aprovechaba para acercarse a otros miembros de la comuna. Su timidez, su status de ilegal en el país, sus dificultades con el idioma y la enorme distancia entre ambas culturas habían hecho de Wo Loi un solitario en la casa.

Kelly, Bob y el propio Wo Loi me ayudaron a preparar la comida. La francesa no era exactamente la cocina cotidiana en aquella casa: tal vez por ello la cena fue un éxito. Bob me dió las gracias en nombre del grupo y me invitó a participar en la reunión de aquella noche.

—Con mucho gusto—dije. Por nada del mundo me hubiese perdido aquel encuentro oficial de la comuna.

Bob comenzó por evacuar los detalles cotidianos en toda reunión burocrática: las facturas pagadas, las que faltaban por pagar, los dineros en la caja de la comuna, y citó por sus nombres a los que todavía no habían entregado la renta del mes. Pero no eran económicos los conflictos del grupo—y Bob lo dejó bien claro. Agatha pidió la palabra.

—Es una vergüenza que después de dos semanas del "Día de la Liberación de la Mujer" se tenga que plantear un problema tan desagradable.

—Mezquino es la palabra—comentó Kelly.

Jim, con sus manos manchadas de grasa, dejó escapar una risita:

—Dicen que Patty Hearst está de nuevo en Berkeley.

—Te puedes burlar—dijo Kelly.

—¡Eso dicen!—aseguró Agatha—. Escapó del cerco en L.A. y está de nuevo en San Francisco.

—¿Y eso qué tiene que ver?—. El comentario de Agatha habían tomado a Kelly por sopresa.

—¡Mucho!—agregó Jim—. Hasta esa pobre burguesa se ha puesto a hacer revolución mientras nosotros discutimos quién va a lavar los platos

—Nadie hace revolución si no tiene el coraje de cumplir con su deber—dijo Kelly—. Y en esta comuna los hombres se niegan a ciertos trabajos.

—No todos—dijo Bob.

—No generalizo. Pero es cierto—aclaró la muchacha.

Jim limpió con su navaja la grasa incrustada debajo de sus uñas.

—Las mujeres no arreglan los carros de la comuna—dijo— ni la caldera de la calefacción, ni la plomería de la cocina.

—Prefiero pagar a un extraño para que me arregle mi carro—dijo Agatha—. Saber arreglar un carro es un oficio.

—Si Jim sabe arreglar automóviles debe cobrar por su trabajo—dijo otra de las muchachas. Su nombre era Jeannie—. El error es mezclar los oficios con trabajos domésticos.

—¡Claro!—dijo Agatha—. ¡Esos son los trabajos que tenemos que compartir!

El sistema de trabajos domésticos funcionaba semanalmente y todos rotaban de una responsabilidad a otra, cada siete días, si es que no había un impedimento aceptable. Las mujeres se esmeraban en mantener la enorme casona limpia, incluyendo los baños comunes, cuando su turno les tocaba, mientras los hombres hacían cuanto arreglo manual o físico necesitase el edificio o cualquiera de los automóviles. Pero los hombres desaparecían cuando les tocaba lavar los platos o limpiar los baños o planchar sábanas o manteles, o cuando se trataba de cuidar el jardín o el huerto de hortalizas.

—Yo me he ocupado del huerto—dijo Jim.

—¿Y por qué no el jardín?—preguntó Kelly—. ¿Qué hay de malo en ocuparse de las flores?

La discusión fue amplia, sin agresividad, a veces certera—pero sin salida. Todos sabían que las cosas seguirían igual, si no se tomaba una decisión drástica. Se oyeron propuestas.

—Aceptemos la realidad—dijo Agatha—. Hay que separar los trabajos por sexo.

Se oyeron voces desaprobando la propuesta.

—Es lo más práctico—insistió Agatha.

—Lo más práctico es que alguien se ocupe de comprobar si las obligaciones se cumplen—dijo Jeannie.

Me quedé estupefacto. Miré a Kelly, esperando que evitase lo que estaba pasando. No dijo nada.

—Al que se le encuentre evadiendo el trabajo tendrá que atenerse a las consecuencias—continuó Jeannie.

—Un castigo fuerte—dijo Agatha.

—La expulsión de la comuna—dijo Bob.

Kelly me sonrió. Yo la miré, tratando de transmitirle mi preocupación. Bob llamó a votación y votaron en el más absoluto estilo democrático. Voto individual y secreto.

El resultado fue triste: crearían un nuevo cargo cuya única responsabilidad sería supervisar el trabajo de los demás en la comuna. Valorar su calidad. El nuevo cargo rotaría de semana en semana.

Bob preguntó mi opinión. Se la dí claramente, sin rodeos:

—Me parece terrible.

—¿Por qué?—quiso saber, honestamente sorprendido.

—Porque no es un cargo productivo sino represivo.

Bob se acarició la barba, lo pensó en un momento y luego pareció entender lo que quise decir. Miró a su alrededor.

—¿Algún comentario?

No hubo comentarios. El presidente me dió las gracias.

—Nuestro amigo ha señalado un peligro en este nuevo sistema. Un peligro real—dijo—. Por eso propongo a Kelly para el cargo.

—No—dijo Kelly—. Tengo demasiadas cosas.

—Eres la que tiene más experiencia—argumentó Agatha.

—¡Y por eso la que más cansada está!—respondió Kelly.

Sé que la muchacha hizo lo que pudo para evitar ser nombrada para el cargo. Pero fue en vano. Los comuneros argumentaron, discutieron y finalmente se pusieron a aplaudir. La aprovación fue unánime. Y Kelly terminó por aceptar. Entonces acabó la reunión y mi fiesta de despedida duró hasta la hora de mi vuelo a Los Angeles. Al cabo de un rato, nos retiramos a terminar la noche en la cama de Agatha.

—¿Por qué?—le pregunté. No era animosidad sino curiosidad lo que me llevaba al tema de nuevo.

—¿No escuchaste los aplausos?

—¿Desde cuándo te dejas convencer con aplausos?

—Soy diez años mayor que ellos—dijo—. Y es verdad que tengo más experiencia. No tenía derecho a decirles que no.

—Tu única obligación será controlar el comportamiento de los demás. ¿No te das cuenta? ¡Eso es lo que hace un policía!

Kelly lo pensó un momento, lo digirió y enseguida dijo:

—Así somos los americanos. No tenemos miedo a probar. Y si no funciona, cambiamos de nuevo.

Kelly se levantó de la cama y fue hasta el tocadiscos de Agatha. Sacó un disco de una funda vieja y descolorida. Me extendió la funda.

—Lo traje de mi habitación—dijo.

La portada era un dibujo abstracto donde se leía tres veces la palabra CUBA: en blanco, en azul y en rojo. Luego decía: VII Congreso de la Unión Internacional de Arquitectos. Música Cubana. 1964. Y aparecía una lista de canciones, desde *"La Engañadora"*, el primer cha-cha-chá, hasta *"A Malanga"*, una rumba columbia del mejor folklore. Estaba también *"Tú me gustas"*, ese bolero clásico de Beny Moré.

Kelly puso el disco.

—Es la canción que más me gusta—dijo, y regresó a la cama.

Llanto de luna
en mis noches sin besos
de mi decepción.

¡No lo podía creer! Era Elena Bourke, resonando contra las paredes de madera de aquella casa victoriana, su voz sensual y el desvergonzado romanticismo del bolero contrastando con el mundo anglosajón de Berkeley.

Sombra de penas
silencios de olvido
que tiene mi hoy

—¿Sabías que la puse en una película?

—No. El disco me lo dieron como regalo la mañana que salí de Cuba.

Un día escuché esta canción y me gustó. No sé por qué. No entiendo la letra. ¡Pero la he escuchado mil veces!

*Cómo borrar
esta larga tristeza
que deja tu adiós*

Kelly me besó y acaricié su cuerpo terso, las piernas largas que en otra época no me podía quitar de la cabeza. Y besé sus pechos hermosos, y sus pecas de pelirroja irlandesa, ese encaje color miel tatuado sobre su piel—tan blanca. ¡Melocotón del Norte! Nuestras bocas se encontraron de nuevo y extrañé la sal en sus labios y la ausencia de la arena en su pelo. Brazos y piernas entrelazados, acariciando nuestros cuerpos en un intento de poseernos en nuestros deseos: una y otra vez, como la primera vez, de nuevo, totalmente.

Al día siguiente hicimos el viaje en silencio, disfrutando del hermoso paisaje en el puente de Oakland—hasta que la luz de la mañana desapareció en el túnel de Hierba Buena para enseguida regresar, aún más hermosa, en ese último tramo hasta la ciudad. Temíamos el momento de la despedida. Desde el Volkswagen diminuto ví los rascacielos del centro financiero, ví Unión Square, ví la niebla espesa penetrando desde el océano cuando parqueamos en el aeropuerto. Y del parqueo bajamos a las puertas de salida. ¡En un ascensor!

—Curiosa historia—dijo, tratando de quitarle intensidad al momento.

Sus ojos azules me dijeron un adiós que todavía veo. La besé.

Kelly se quedó del otro lado de la puerta electrónica y la ví parada en aquel pasillo blanco, mientras me alejaba hacia un futuro donde ella no estaba. A punto de entrar en el avión me volví a mirarla por última vez y la ví levantar su brazo y enviarme otro adiós y otro beso con su mano. El avión partió a la hora en punto.

En París, varios meses más tarde, recibí una postal que no incluía ni fecha ni dirección: únicamente el recuerdo de su amor, un beso, y la información de que la comuna en Berkeley se había disuelto.

¿A causa de la implantación del nuevo sistema? Tal vez no lo sepa nunca. Jamás he vuelto a saber de Kelly.

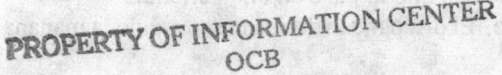

NOV 1 6 02	DATE DUE	

```
PQ
7079.2
.C24
N52     Canel, Fausto
1991       Ni tiempo para pedir auxilio
```